거짓말 삽니다

미니픽션

거짓말 삽니다

한국미니픽션작가회

여는 글

잘하는 거짓말

세상이 더 이상 고결함과 미천함, 상하, 혹은 좌우로 뚜렷하게 나뉘어 있지 않다고 말한다면, 고개를 끄덕일 사람들이 많을 것이다. 사실 최근 우리는 더할 나위 없는 아둔함 가운데에도 가장 큰 지혜가 숨겨져 있었다거나, 고귀하고 순결한 사랑의 밑바닥에도 추악한 이해타산이 똬리 틀고 있었다는 식의 이야기를 자주 접해 왔다.

실제로 그럴 것이다. 악마가 신과 파트너십을 유지하며 함께 경영하는 듯 보이는 세상에서 악이 선과, 가난이 부와, 무지가 앎과 뒤엉켜 있다고 해서 이상할 게 있겠는가? 백주대낮에도 거짓이 진실을 유린하고 소설보다 더 소설적인 일들이 쏟아지는 작금의 한국 사회에서라면 더더군다나 말이다. 어쩌면 극단에 놓인 것들일수록 더 잘 섞이는 것인지도 모른다. 소유한 것이 아니라 소유하지 않은 것을 갖고 싶어 하는 인간의 욕망 구조를 따라서 말이다.

올해로 일곱 번째 공동작품집을 내는 24명의 작가들은 약간의 망설임 끝에 기꺼이 '거짓말'에 대해 이야기하기로 했다. 조금이나마 망설였던 이유는 거짓이 난무하는 세상에 굳이 새로울 것도 없는 '거짓'으로 소설을 쓰는 게 다소 식상하지 않을까 하는 걱정에서였다.

하지만 곧, 거짓이 난무하는 바로 그 자리이기에, 또한 새로울 것이 없다고 생각하는 바로 그 지점이기에 더욱 거짓에 대해 이야기해야 한다는 데 공감했다. 거짓이 뿜어내는 다양한 모습을 그려내다 보면 어쩌면 우리가 몰랐던 진실, 혹은 알았다 할지라도 선뜻 다가갈 수 없었던 진실을 좀 더 선명하게 드러낼 수 있지 않을까 하는 생각도 했다.

작가들은 허구와 씨름하는 자들이다. 현실에 기반했든, 실제 사건을 모델로 했든 소설가들이 쓰는 이야기는 결코 실제 사건이 아니다. 종이에 옮겨지는 순간, 빨갛고 동그란 공은 결코 빨갛고 동그란 그 공이 아니며, 젊음이 넘쳐나는 홍대는 더 이상 젊음이 넘쳐나는 그 홍대가 아니다. 하지만 잘 만든 이야기를 통해 옮겨진 사물과 거리는 때로 실제보다 더 생생하게 살아나기도 한다. 공은 더 빨갛고 더 동그랗게, 홍대는 젊음이 넘쳐나다 못해 터지는 곳으로 변모되기도 한다. 바로 이것이 거짓말의 양면이요 위력이다.

아일랜드의 극작가이자 민속학자인 레이디 오거스타 그레고리Lady Augusta Gregory는 "광기를 찾아내기 위해서는 광기를 지불해야 한다It takes madness to find out madness"고 말했다. 그녀의 말을 살짝 비틀어 이렇게 말하면 어떨까? 거짓을 찾아내기 위해서는 거짓을 지불해야 한다.

거짓은 거짓 아닌 것을 비춰 보는 거울이 됨과 동시에, 그것을 더욱 세밀하게 들여다볼 수 있는 현미경이 된다. 때로 거짓은 우리를 지치게 하는 거짓 아닌 것들로부터 우리를 보호해 주기도 하고, 위로가 되기도 하며 나아가 즐거움을 주기도 한다. 인간은, 인간이라면 그 누구도 자신의 삶에 들러붙은 거짓을 무시하고 살 수 없다. 어쩌면 거짓은 우리들의 참모습이다.

총 47편의 작품이 들어 있는 이번 공동작품집에서 어떤 작가들은 샴쌍둥이처럼 참과 등이 맞붙어 있는 거짓에 대해 썼다. 그들은 멀리 있어 자신이 아니라 믿었으나 가까이 다가오면서 자신일 수 있는 가능성을 드러내는 위협적인 거짓에 대해 주목했다. 누군가는 얼기설기 엮여 있는 사물, 혹은 상황으로부터의 거리로 인해 참과 거짓을 구분할 수 없는 환시의 영역에 주목했고, 또 누군가는 사소한 거짓말에 숨어 있는, 그대로 사그라질지도 모르나 어쩌면 삶을 전복시킬 수도 있을 진실에 대해 썼다.

거짓이 숭고한 어떤 것을 지키는 거의 유일한 수단이 되며, 또한 그러한 거짓은 시비를 넘어서서 다른 가치를 지니기도 한다는 것을 보여준 작가들도 있다. 거짓 자체의 위악, 어처구니없는 거짓의 배반을 소개하기도 했다. 작가들은 메스꺼움을 참아 가며 칼을 들이대고 피를 봐가며 그 민낯을 낱낱이 드러내보였다. 섬뜩했다.

하지만 다른 작가들은 거짓이 주는 앙증맞음과 즐거움, 우스움, 풍성함에 주목하면서 날선 분위기를 다독거리기도 했다. 거짓의 이름은 다양했다. 사랑하지 않으면서 동시에 사랑하는 게 분명한 인간의 마음, 그

마음을 나르는 언어가 있었다. 그 자체로 생겨나지 않고 결코 홀로 성장할 수도 없으며 반드시 참을 매개로 혹은 먹이로 하여 완전함을 이루는 거짓도 있었다. 작가들은 긍정도 부정도 하지 않은 채, 공존을 모색하며 오롯이 끌어안을 수밖에 없는 거짓에 대해 이야기하며 함께 가슴 아파 하기도 했다. 참과 거짓의 사이, 어쩌면 중용이나 화합이라는 의미로 쉽게 포장될 수도 있는 틈의 자리에서, 그래도 사라지지 않을 영구한 의미를 보전하기 위해 최선을 다했다.

시대가 어지럽다. 거짓과 진실을 가려내기 위해 누군가는 목소리를 높이고, 누군가는 백팔배를 하며, 누군가는 단식에 들어간다. 엉덩이를 붙이고 자리에 앉아 있는 작가들은 가끔 혼란스럽다. 펜을 놓고 거리로, 광장으로 뛰어나가야 하지 않을까, 머리와 손가락으로 이야기를 늘어놓기보다 피를 뿜으며 노래를 불러야 하지 않을까…. 참이 아닌 것들이 참인 것들을 모독하는 광경을 그저 두고만 보아야 할 것인가?

하지만 평소 쓰고 읽는 시간을 아끼느라 건강관리를 등한시해 왔던 작가들은 새삼 거리로 뛰어나가거나 노래를 부를 체력도 없다는 사실에 통감하며, 결국 가장 잘할 수 있는 일을 하기로 했다. '거짓말'로 떡도 하고 밥도 하고 반찬도 하고 국도 끓여 한 상 푸짐히 차리기로 한 것이다.

양치기가 거짓말을 잘하면, 양들이 죽는다. 하지만 소설가가 거짓말을 잘하면, 소설이 산다. 그리고 읽는 독자가 살고, 우리가 함께 사는 사회가 살아난다. 정성스레 준비한 '거짓말' 요리를 마음껏 맛보시길 바란다.

한국미니픽션작가회

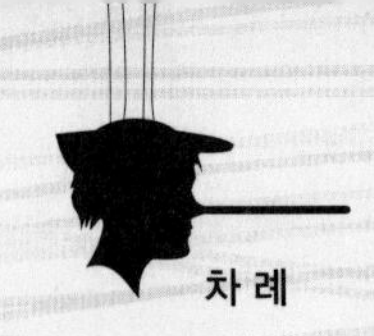

차 례

실험 장르 : 미니픽션 희곡

추천 신인 작품

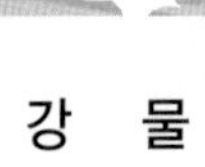

강 물

―

늪
나라의 일상

강 물

2004년 소설 동인 '뒷북' 창간호에 〈다락방과 나비〉, 〈풀벌레의 집〉을 발표하며 작품 활동을 시작했다. 2015년 소설집 《스캔》을 냈다.

늪

내 오랜 친구 K가 텔레비전을 보다 말고 이곳을 떠났다. 유서 같은 쪽지 한 장 남기고. 쪽지라고는 하지만 잔글씨로 빽빽하게 쓴 내용을 풀어놓으면 A4 용지로 한 장이 훌쩍 넘는다.

노래가 듣고 싶었다.

'나가수'에서 당대 최고의 가수들이 덜덜 떨면서 노래를 불렀다. 꼭짓점으로 올라간 남자는 대박이 났다.

'복면가왕'은 이기고 또 이기고 올라가서 옥좌에 앉아 있는 왕을 쓰러뜨리고 노래왕이 되는 과정을 재밌게 보여준다. 이기면 복면을계속 쓸 수 있지만 지면 그 복면을 벗고 민낯을 보여야 한다. 자신의 정체를 밝혀야 한다.

거의 모든 방송이 배틀을 설치했고, 새로 가수가 되려는 사람들도 배틀을 밟고 올라 노래를 부른다. 무대에는 싸움꾼의 노래가 가득하다. 판은 그래서 더 절창이다.

아아, 우리나라 사람들은 노래 잘 부르는 사람들이 왜 저렇게 많은지…. 조상 대대로 음주가무에 능했다더니 금목청 유전자가 저들에게 따로 전달이 됐나 보다.

사람들이 깔깔거리고 있어 나도 덩달아 그 프로그램들을 봤다.

무슨 이유인지 모르지만 끝없이 도전하고 끝없이 주어진 과제를 수행한다. '무한도전'한다. 그렇게 살아야 하는 것처럼. 그들을 보면서 나는 쉬지 않고 깔깔거린다. 여기 있게 되면 아마 그 이름처럼 죽을 때까지 도전하면서 깔깔거리고 있어야 할 것이다.

보는 내가 지루하지 않도록 이곳에서 저곳으로 끝없이 '런닝'하며 출연자들끼리 편을 갈라 대결을 펼친다. 가을운동회도 같은 편 중에 상대편을 위해 활동하는 밀정을 심어놓고 '밀정운동회'를 한다. 그게 삶이라는 듯이. 그들에게서 싸움과 승부와 배신을 배우면서 나는 그것들이 내 공부이자 의지인 것처럼 깔깔거린다.

가수와 배우와 개그맨과 얼굴 알려진 사람들과 얼굴 알리고 싶은 사람들이 매주 '1박2일' 전국을 떠돌며 누가 바보짓을 잘하나 가려서 밥을 주고 잠자리를 준다. 바보짓을 잘하면 고기를 먹을 수 있고, 못하면 나물을 먹거나 굶어야 한다. 찬물 속으로 들어가거나 한데서 자야 한다. 화면 밖에서도 실제로 그러는지는 모르지만.

채널을 돌리면 어디든 먹방이 나온다. 이름 알려진 사람의 냉장고에 든 음식 재료를 꺼내 시간을 정해 놓고 요리사들이 대결을 벌여 만든 음식의 우열을 가린다. 맛의 우열을 가린다. 내 냉장고를 저들에게 부탁하면 저런 요리가, 음식이 나올까?

각 지방에서 한식을 제법 한다는 장이들이 나와 누가 잘 만드나 무리를 지어 '싸움'을 한다. 그리고 누군가는 '크게' 이긴다.

'집밥'을 잘한다는 선생도 제자들을 경쟁시켜 음식을 만들게 한다. 그들은 먹고 살기 힘든 시대지만 좌절하지 말고 누구나 집에서 간단하게 음식을 만들어 먹으라고 부르짖는다. 자신들을 따라 하면 된다고.

나도 그들을 따라 어떤 수단을 써서라도 내 주변 사람들을 이겨야 산다는 것을, 이겨야 밥을 먹을 수 있고 상을 탈 수 있고 웃음거리가 되지 않을 수 있다는 것을 배운다.

노래꾼에도 서열이 있고 급수가 있다는 것을 배운다. 지는 것은 실패한 인생이라는 것을 뼛속에 새긴다.

음식도 그냥 만들면 맛이 없고 대결에서 이겨야 맛있다는 것을, 음식도 맛도 서열이 매겨져야 안심할 수 있다는 것을 속으로 깊이 깨닫는다.

나는 오늘도 '런닝맨'을 보고 '무한도전'을 보고 '1박2일'을 보고 깔깔거린다.'나가수', '복면가왕', '판듀'를 보며 내가 그 무대에 올라가 있는 것처럼 마음을 졸이며 응원을 한다.

'한식대첩'을 보다 '집밥 백선생'을 보다 그들에게 '냉장고를 부탁'한다. 그들이 내 냉장고 안을 거들떠보지도 않겠지만 나는 이미 무엇을 하든 이겨야 고기와 밥을 먹을 수 있고 지면 굶거나 채소를, 맹물을 먹어야 한다는 것을 안다. 음식도 맛도 서열이 매겨진다는 것을 안다. 알면서도 보고 또 본다. 이 세상을 살려면 꼭 보아야 할 것 같다. 이 배틀에서 낙오되지 않으려면.

사실 저기 텔레비전 안의 저 밥은 맛있어 보이지만 내 입 안에 든 밥은 깔깔하다. 배틀을 밟고 올라가는 저 노래는 절창이지만 그래서 처절하면서도 눈물겹지만 내 노래는, 내 노래는 목구멍에서 나오지 않는다. 저들이 머리 쓰고 몸 쓰고 꾀 내고 뒤통수 치고 열심히 바보짓 해서 나를 웃기지만 돌아서면 광대는 나다. 저들을 보고 박수치고 깔깔거리며 저들을 먹여 살리는 광대는 나다. 어쩌면 공생일까?

시합하지 않고 대결하고 경쟁하지 않고 서열을 매기지 않고 재밌게 노는 것, 흘러나오는 대로 혼자 또는 여럿이 제 노래를 부르고 맛있는 것 같이 만들어 서로 나눠 먹는 세상은 없을까?

망상이라고? 내가 망상장애자라고? 어쩌면 빨갱이 아니냐고? 아니면 말라고?

아, 이 프로그램들은 그런 세상의 내면화가 아닌 풍자라고?

뭐 그렇다고 해도 돌아서면 허전하다. 그것들이 내 얘기는 아니다. 저들이 내게 베푼 커리큘럼을 이수하고 또 이수하고 배울 만큼 배운 나는 더 배우고 싶지 않다. 사는 게 시들하고 재미가 없다. 호기심이 사라졌다는 것은 내 생명의 시효가 다했다는 뜻이다.

더 추해지기 전에 여기서 작별하자.

내 치부, 내가 사는 세상의 치부가, 어쩌면 이 세계의 비밀이 드러나는 것 같아 나는 K가 남긴 쪽지를 누가 볼세라 엉덩이에 깔고 있다가 더는 견딜 수 없게 똥꼬가 가려워 여기 공개한다.

그의 말대로 내면화된 내 경쟁심과 부러움과 부끄러움과 질투심을 누르고 다시 보니, 그가 그립다. 자기 몸에 연결된 이 세상 에너지 코드, 텔레비전 코드를 뽑고 떠난 그는 아마 이 늪을 떠난 유일한 생존자일 것이다.

나라의 일상

"여자 있지?"

"무슨 얘기야?"

"갑자기 핸드폰 비번 설정하고 전화 오면 밖에 나가서 받고…."

"폰 분실했을 때를 대비하는 거야. 당신 알다시피 그때그때 떠오르는 생각이나 중요한 자료 모두 폰에다 메모하고 저장하는데 다른 사람 손에 들어가면 안 되잖아. 밖에서 일어나는 일 당신 신경 쓰게 하고 싶지 않아 밖에서 통화하는 거고."

"나한테까지 비밀을 설정하는 게 문제 아냐? 비번도 숨기고."

"힘든 건 나한테서 끝내고 싶어서 그러는 거야. 회사일 때문에 당신까지 스트레스 받게 하고 싶지 않아."

“근데 왜 당신이 내 곁에 있어도 허깨비 같고 내 마음은 텅 빈 것 같을까?”

“당신이 몰두할 수 있는 걸 붙잡아 봐. 헬스를 해보든지, 인문학 강좌 같은 것도 들어 보고.”

“할 수 있는 게, 하고 싶은 게 아무것도 없어.”

“뭐라고 했어?”

“아무 말도.”

“내가 있다는 건 알아?”

“모를 거야.”

“어떻게 모를 수가 있어? 여자가 얼마나 예민한데. 내 냄새가 당신한테 묻어 있을 텐데. 난 당신한테 그 여자 냄새 날 때마다 당신을 욕조에 담가놓고 비누칠 박박 하고 싶은데.”

“알게 하고 싶어?”

“내 존재감이 없잖아.”

“그다음엔?”

“당신이 선택해야지.”

“뭘?”

“난가, 그 여자인가.”

“난 그러고 싶지 않아. 그냥 이대로 있고 싶어.”

“그게 불가능하다는 건 알지?”

“알고 싶지 않아.”

"피한다고 되는 게 아니잖아. 언젠가 부닥치게 될 일인데."

"그러고 싶지 않아."

"불가능해. 나도 이렇게는 더 이상 버틸 수가 없어."

"그냥 연기처럼 소멸해 버리고 싶네!"

"나한테서도?"

"당신도 나를 힘들게 하잖아. 이 세상 유일한 피난처였는데."

"나는 당신 피난처로 있을 수 없어. 나도 이 세상과 정상적인 관계를 맺고 싶다고."

"세상에 정상이란 것은 없어. 상황이나 관계만 있을 뿐이지."

"이 관계를, 이 상황을 정상으로 만들고 싶다고."

"정상이란 것은 없다고. 그건 관계나 상황의 문제가 아니라 믿음의 문제라고."

"그게 뭐든 상관없어. 나는 이 관계와 상황을 남들에게 드러내고 싶다고. 인정받고 싶다고 내가 당신의 여자이고, 당신이 내 남자라는 것을."

"그다음은?"

"무슨 말이야?"

"감당할 수 있냐고?"

"당신과 내 의지의 문제이지. 왜, 당신은 그럴 의지가 없어?"

"나는 지금 이 상태를 깨뜨리고 싶지 않아. 감당할 자신도 없고."

"당신, 생각보다 비겁한 사람이네! 그런 용기도 없이 내게 들이댔던 거야?"

"그러게. 내가 무모했던 건가? 나는 그냥 당신에게 기대고 싶었고, 쉬고 싶었어."

"내가 아니어도 상관없는 거였네!?"

"그럴 리가?…"

"당신 어딘데 아직도 안 들어와? 폰도 꺼놓고."

"왜? 아직도 내가 필요해?"

"뭐 하고 있는데?"

"취미생활 해보라메?"

"그러니까 뭐 하고 있냐고?"

"남자 탐구하고 있어. 당신 아닌 다른 남자. 일단 몸부터 살펴보고, 마음은 아직 모르겠네."

"무슨 소리야?"

"당신 하는 걸 나도 하고 있다고."

"당신…?"

"나는 괜찮아. 나는 살 수 있다고. 아직 살아 있다고."

"난 힘들어. 살기 힘들다고."

"왜? 여자 둘 가지고도 모자라?"

"무슨…그런…."

"근데, 왜?

"모르겠어. 머리로는 가슴으로는 알 것 같은데, 말로는 표현할 수가 없어."

"아직은 양심이 다 사라진 것은 아니네!"

"무슨 말이야?"

"아직은 사람의 탈을 다 벗어던진 건 아닌 것 같다고. 그런다고 달라질 것은 없지만."

"내가 어떻게 해야 돼?"

"몰라. 그건 당신 일이잖아."

"모르겠어. 뭘 어떻게 해야 할지. 근데 당신 일이기도 하잖아?"

"나도 몰라. 내가 지금 이 시간까지 살아 있다는 것밖에는."

"얼른 들어와."

"들어가면? 들어가면 뭐가 달라져?"

"그래도 얼굴 맞대고 얘기하자고."

"내일이면 다른 여자한테 갈 텐데 달라질 게 없잖아. 오늘이 내 일이고 내일이 어제인데…."

"내일은 안 갈 거야."

"헤어졌어?"

"내일은 갈 수도 없다고."

"왜, 파트너가 도망쳤어?"

"내일은 없어. 내일은 안 올 테니까."

"그런 연막 전술, 그런 유체이탈 화법 이젠 안 통한다고!"

"내일은 없다고! 오지 않을 거라고! 다리가 끊어져 내 차가 강물로 떨어질지 모른다고!"

"무슨 소리야? 당신 다리라도 부러졌어?"

"내가 탄 배가 뒤집혀 침몰하는데 아무도 나를 구하러 오지 않을 거라고! 뒤늦게 달려온 구조선도 선장과 선원들만 구하고 돌아갈 거라고!"

"당신 참 재밌네! 이 사람이 당신 참 재밌다고 셋이 같이 살아 보면 어떻겠냐고 하네. 푸른 집에 가서."

"물대포 맞아 병사할지 몰라. 그리고 내 시신을 탈취해 부검할 거라고! 나는…."

"잘 ㄱ…"

구 자 명

금빛의 조건

모자帽子

구자명

1957년 경북 왜관에서 태어나 서울, 하와이 등지에서 청소년기를 보냈으며, 대학에서 심리학을 전공했다. 1997년《작가세계》에 단편〈뿔〉로 등단, 소설집《건달》,《날아라, 선녀》, 에세이집《바늘구멍으로 걸어간 낙타》,《던져진 돌의 자유》, 한뼘소설집《진눈깨비》등을 냈으며, 한국가톨릭문학상·한국소설문학상을 수상했다. 2004년 이래 한국미니픽션작가회 운영위원으로 활동하며, 시·수필·소설 등 다양한 장르를 아우르는 하이브리드적 문학 실험을 꾸준히 해왔다.

금빛의 조건

그는 고개를 약간 외로 꼰 채 수그린 이마에 한 손을 얹고 구석 테이블에 앉아 있었다. 어스름녘 황금빛 잔광이 바로크풍 아치창으로 쏟아져 들어와 그의 얼굴 절반을 지나치게 부각시켰다. 마치 뮤지컬 〈오페라의 유령〉에 나오는 반가면을 쓴 팬텀 같은 야릇한 분위기가 연출된 그의 모습에 생각했던 것 이상으로 혐오감이 치솟는 걸 느낀 그녀는 테이블로 향하던 발길을 돌렸다. 그는 결코 진실을 말하지 않을 것이다. 그녀는 두근거리는 가슴을 쓸어내리며 도망치듯 그곳을 빠져나왔다.

카페 맞은편은 소호에서 가장 번화한 유흥가이다. 길을 건너자 화려한 네온 간판들이 거리의 여인들처럼 다투어 호객을 했다. 금요일 밤의 소호는 바람난 귀부인처럼 내숭을 던져 버리고 자포자기적 해방감으로 들썩인다. 그녀는 그와 함께는 아니지만 두어 번 가본 적 있는 반지하 업소로 들어갔다. 일본식 선술집이다. 동양인인 그녀로선 안주를 곁들여 술을 마실 수 있되, 혼자 앉을 수 있는 바 테이블도 있는 이런 곳이 좋다.

지난 주 그들은 뉴욕 메트로폴리탄 미술관에서 열린 19세기 프랑스 미술 전시회에 갔었다. 유명 디자인 스쿨의 광고디자인과 교수인 그는 같은 학교 석사과정 2년차 유학생인 그녀를 뉴욕 문화에 제대로 적응시켜 주겠다는 구실로 틈날 때마다 미술관으로, 연극과 뮤지컬 공연장으로, 오페라 극장으로, 다국적 맛집들로 끌고 다녔다. 물론 덕분에 이런저런 사교 모임에서 뉴요커들의 분방한 대화에 몇 마디씩이라도 끼어들 수 있게 되어 그에게 고마운 게 사실이다.

그런데 그 전시회에서 자크 블랑슈란 화가가 그린 '모차르트의 케루비노'란 유화를 보는 순간 그녀는 문득 그와의 관계가 오래가지 못할 것 같은 예감이 들었다. 그 그림은 오페라 '피가로의 결혼'에 등장하는 시종 소년 케루비노를 그린 것인데, 그녀는 다른 어떤 요소보다도 그 인물이 입은 금빛 새틴 바지에 깊이 매료되었다. 그 앞에서 자리를 뜨지 못하고 있는 그녀를 보고 다른 그림들을 앞서서 둘러보고 온 그가 물었다.

"이 그림 어디가 그렇게 마음에 들어?"

"어, 금빛…. 저 소년이 입은 바지의 금빛이 정말 경이롭지 않나요?"

"저 시대 화풍의 기법이지, 뭐. 신고전주의 작가들이 그런 데 능했어."

"아, 내 말은… 화가의 기법이 어떻다기보다 붓 터치가 만들어낸 금빛의 환시幻視가 놀랍다는 거죠."

"환시? 왜 환시라고 하지? 금빛인데, 실제론 아니지만 그렇게 보일 뿐이라는 얘긴가?"

"그렇죠. 자세히 보면 누런색 바탕칠 위에 흰색의 붓 터치가 만들어낸 효과잖아요, 금빛처럼 보이는…."

"그렇긴 하지. 하지만 진짜 금을 칠한 이 금박 액자의 금빛보다 더 금 같지 않아?"

"그건 그래요. 그래도 환시는 환시죠. 떨어져 봤을 때만 그 효과가 유지되는…."

그는 왠지 좀 당혹스런 눈빛으로 그녀를 건너다보더니 평소 그녀에겐 잘 쓰지 않던 뉴요커 특유의 속사포 영어로 대꾸했다.

"자긴 너무 실제성에 집착하는 경향이 있어. 건축사 전공이라 그런가? 문화란 건 말이야, 사실 환상의 산물인 게야. 중세의 교회들을 생각해 봐. 면죄부를 팔아서 그렇게 미친 듯이 초호화판 교회 건물들을 짓지 않았다면 오늘날 유럽이고 어디고 문화재랄 게 뭐 그리 남아 있겠어? 거품이 문명을 만들어내는 거지. 환상, 환시, 심지어 착각… 뭐 이런 것들이 없었다면 인류 문화는 지금쯤 굉장히 따분할 거야….”

그녀는 그가 그렇게 말하는 걸 들으며 좀전에 그와의 관계가 머지않아 끝날 것 같다는 예감이 스쳤던 것을 다시 떠올렸다. 그날 밤은 리포트 과제 때문에 바쁘다는 핑계로 그녀는 그와 일찍 헤어졌다. 새로 연 이탈리아 레스토랑에 가서 같이 이른 저녁이나 하고 가라는 제의마저 사양하고 집에 돌아온 그녀는 일기장 겸으로 쓰는 수첩에다 이렇게 적었다. '환시幻視 빼기 거리距離는 평범.'

그다음 한 주 동안 그녀가 다니는 대학은 수년간에 걸친 남녀 학생 여럿과의 동시다발적인 부적절한 관계로 학교 재단 측의 조사를 받게 된 그에 대한 소문으로 온통 난리였다. 종신 재직권 심사를 앞두고 징계 처분을 받게 될 처지가 된 그는 소문을 그대로 믿으면 안 된다며 만나서 진실을 알리고 싶다고 전화를 해왔다. 그녀가 지금은 만나고 싶지 않다고 하자, 그녀와 첫 데이트를 했던 소호의 카페에서 마지막이라도 좋으니 한 번만 더 보자고 호소해 왔다.

2년 전 같은 카페 같은 테이블에서, 같은 시각의 황금빛 잔광을 받으며 그녀에게 구애했던 그는 제국의 운명을 걸고 사랑을 선서하는 로마의 안토니우스처럼 이전의 어떤 남자에게서도 보지 못한 아우라를 발산했었다. 그것은 뭐랄까, 어떤 순정성의 가치 같은 것이어서 그 남자가 외모, 능력 따위 무엇을 얼마나 지녔느냐 하는 소유의 가치와는 다른 것이었다. 그녀는 단번에 그에게 빨려들었고, 그 후 두어 해 가까이 그에게 복속되어 행복감을 느꼈다. 그는 아주 교묘하여 한 번도 그녀에게 다른 관계들과의 흔적을 들키지 않았다. 그런데 '케루비노의 금빛 바지'가 그녀에게 해독제와도 같은 각성 효과를 가져올 줄이야! 그녀가 시선의 거리를 빼기로 마음을 먹는 순간 그의 금빛은 빠르게 빛이 바래기 시작하여 실제로 캠퍼스에서 그 불미스런 소문들을 접했을 때 그녀는 스스로도 이상하리만치 별로 타격을 받지 않았다.

일본식 선술집에서 관자 꼬치구이와 사케를 주문하니 황금색 테두리를 두른 내열 유리잔이 먼저 그녀 앞에 놓였다. 금박을 입힌 것이다. 어둑신한 주점용 조명 아래서 투명한 청주에 반사된 금빛은 매우 아름다웠다. 그녀는 이 거리에 찾아든 많은 여피족 뉴요커들처럼 의도된 해방감을 느끼면서 황금빛 일렁이는 맑은 술에 열심히 속말을 걸었다.

너도 알지? 거품과 환상은 그게 얼마나 굉장한 것이든 속성상 언제건 꺼지고 사라지게 마련인 걸. 사실 아까는 빛이 바래 버린 그가 가짜여서가 아니라 그 자신이 너무도 경원하는 평범한 본래 면목으로 돌아올 것이 딱해서 한 번은 더 만나려 했던 거야. 하지만 실제로 카페에서 뭔가 또 자신이 아닌 것을 연출하고 있는 그를 보는 순간, 또다시 금빛을 가장하려는 누렇고 흰 그 평범의 몸부림이 너무 지겹게 다가왔어. 밀착해서 보아도 금빛이 금빛이려면 진짜 금칠을 하는 수밖에 없는데, 그는 어째서 그 간단한 이치를 인정하려 들지 않는 걸까? 거품이고 환상인 것이 인간 문명이라고 그는 말했지만 나는 그가 정말로 그렇게 믿는다고는 생각지 않아. 문명의 기조를 이루는 건 그냥 누렇고 흰 평범들인 거야. 그걸 특별하게 보이게 하려고 금빛으로 가장하는 게 그의 분야이기 때문인가….

뉴욕 소호의 선술집에서 연거푸 석 잔의 술을 독작한 동양인 여자가 취해서 비틀거리며 자리에서 일어섰을 때 그녀 곁에 다가서는 백인 남자가 있었다. 일그러진 미소를 지으며 그녀를 부축하려는 몸짓을 했지만 그를 알아본 여자는 그 손길을 뿌리쳤다. 불안정한, 그러나 단호한 걸음새로 그를 지나쳐 업소를 빠져나가는 여자 뒤를 남자가 황급히 쫓아갔다. 남자는 마치 여자의 취중 속말을 듣기라도 한 듯 걸음만큼이나 빠른 뉴요커 영어로 소리쳤다. 그래, 자기 말이 맞아. 가까이 보아도 금빛이 금빛이려면 진짜 금을 칠해야 하겠지. 하지만 진짜 금을 칠한 것이 우리 눈에 더 찬란하진 않아. 그래서 우린 때로 진실을 제쳐두고 아름다운 거짓을 선호하는 거라고. 금보다 더 찬란한 금빛을 얻기 위해선 어쩔 수 없어…. 알아들어? 이 멍청한 여자야! 내가 누구 때문에 금인 척해 왔는데….

뉴욕의 노란 택시들은 눈치가 빠르다. 그들은 밤중에 길에서 옥신각신하는 커플이 있을 때 어떻게 해야 자신의 직업윤리가 제대로 실현된다는 것을 안다. 이럴 때 택시의 노란색은 황금빛이 된다. 적어도 이날 밤 그녀가 탄 뉴욕 택시는 금빛의 조건을 충족했다. 잠시 동안이지만 거의 완전하게.

모자帽子

희부윰한 여명 속에서 그녀는 식은땀을 흘리며 잠을 깼다. 누운 채 머리맡의 스탠드를 켜자 정면 벽 위에서 인자한 눈길이 내려다보고 있다. 어머니! 왜 이러시는 거죠? 땀이 흥건한 이마와 달리 바싹 마른 입술을 혀로 적시며 그녀는 부르르 몸을 떨었다.

사진 속에서 소라색 블라우스 차림의 어머니는 언제나처럼 단아하고 자애롭다. 그런데 요 며칠 잠들기가 겁나게 잇달아 꿈에 나오는 어머니는 온통 흐트러진 매무새에 스산한 표정을 하고 그녀에게 얼토당토않은 요구를 해왔다. 네 아버지 모자를 태워라, 하고 첫 꿈에서 말했을 때는 난데없이 무슨 소린가 싶었으나 곧 잊었다. 둘째 날 꿈에서 어머니는, 그 모자 그만 쓰고 태워 버리라니까! 하고 좀 더 강경한 어조로 요구했다. 사흘 동안 세 번째로 꾼 간밤 꿈에서 어머니는 아예 머리를 산발한 채 이를 앙다물고 씹어뱉듯 꾸짖었다. 어리석구나, 업을 이으려 하다니! 그리고 처연한 눈빛으로 잠시 그녀를 응시하더니 허공 속으로 스며들 듯 사라졌다.

당혹스럽다. 그토록 인자하던 어머니가 왜 자꾸 무서운 몰골로 꿈에 나타나 나를 몰아칠까? 불의의 추락 사고로 목련꽃 떨어지듯 절명한 이후로도 어머니는 자식의 꿈에 험한 모습으로 나타난 적이 없다. 이어 평소 무쇠처럼 단단하던 아버지마저 갑작스런 수수께끼의 병증으로 쓰러져 어머니를 뒤따르게 된 전후로도 꿈에 나타난 어머니는 늘 생시의 우아한 모습이어서 애절한 그리움만 키웠을 뿐이다.

망자의 평안도 평안이지만 그녀는 자기 내부에서 스멀스멀 번져 오르는 기분 나쁜 압박감 때문에라도 뭔가 해야 할 것 같았다. 불심이 깊었던 어머니를 생각하면 천도제라도 또 올려 보면 어떨까도 싶지만 요즘 그녀는 신부, 목사에 이어 승려라는 작자들까지 거리에 몰려 나와 하는 짓거리가 하나같이 진저리쳐지는 판이다. 떼지어 술판이나 벌이고 다니는 주제에 누구더러 뭐라 그래, 흥! 옷이든 뭐든 벗어야 할 건 오히려 그자들이지, 내가 왜 모자를 벗어? 내 아버지 모자를 나 아닌 누가 제대로 쓰겠냐고!

삐링삐링~ 비서가 그날그날 스케줄에 맞춰 예약해 두는 모닝콜이 울렸다. 스피커폰에서 상냥하고 또록또록한 음성이 알린다. 총재님, 오늘은 새벽 운동이 30분 앞당겨 잡혔습니다. 곧 모시러 가겠습니다. 그래, 체력이 국력이야. 그녀는 머리를 흔들어 언짢은 생각들을 털어내며 침실 내 욕실로 향했다.

세수를 마친 후 타월로 얼굴을 닦으며 세면대 위의 거울을 보던 그녀는 흠칫 놀라며 머리 뒤를 더듬었다. 아버지가 쓰던 모자 둘레가 좀 커서 그것을 쓸 때면 늘 안쪽에 끼워 넣곤 하는 반원형 가죽 헤어밴드가 양쪽 관자놀이 뒤로 둘러져 있었다. 간밤에 이걸 붙인 채 잠자리에 들었단 말인가. 별일이군! 그녀는 오른손으로 헤어밴드를 휙 잡아당겼다. 그러나 웬일인지 그것은 벗겨지지 않았다. 양손에 힘을 주어 세게 잡아당겼으나 그것은 꼼짝 않고 제자리에 붙어 있었다. 마치 강력본드로 붙여놓은 것 같았다.

이게 무슨 조화야, 대체? 그녀는 애써 눌러두었던 수상쩍은 불안감이 걷잡을 수 없이 증폭되는 느낌에 당황하여 외쳤다. 나 비서! 나 비서! 그녀는 침실 밖으로 뛰쳐나갔다. 거실 저편에서 황급히 문을 열고 비서가 달려오며 대답했다. 네! 모자 여기 있습니다! 어제 저녁 연회장 가실 때 저한테 맡기셨습니다. 모자를 보는 순간, 그녀는 울컥 반가움을 느끼며 안도감이 밀려왔다. 다시 손을 올려 머리를 더듬자 여전히 요지부동으로 달라붙은 헤어밴드가 확인되었지만 이젠 별로 두렵지 않았다. 오히려, 하늘의 소명을 받은 이들이 더러 체험한다는 신비 현상의 일종일 수도 있다는 은근한 자부심마저 일었다. 모자를 없애지 말라는 아버지의 메시지인 게야. 어머니, 딴 말씀 말아 주세요! 그녀의 입가에 자기 확신을 다지려는 다소 의도적인 미소가 떠올랐다.

벗겨지지 않는 헤어밴드 따윈 나중에 해결해도 되리라 여긴 그녀는 비서가 건네는 스포츠 음료를 받아들고 씩씩한 걸음으로 체육실로 향했다. 얼마 전 타계한 존경스런 넬슨 만델라처럼 세상의 중심축에 오랫동안 머물려면 뭐니 뭐니 해도 신체 건강이 따라줘야 했다. 창밖에는 미세먼지를 잔뜩 품은 겨울바람이 매웠지만 두터운 외벽에 둘러싸인 그녀의 실내는 따스하고 쾌적했다.

구 준 회

백팔배
사람 병

구준회

한국문인협회·한국순수문학인회·갈대시동인회·광화문시낭송회·서울교원문학회 회원이자, 한국동요문화협회·구상선생기념사업회·미니픽션작가회 이사. 시집으로《우산 하나의 행복》, 《사람 하나의 행복》,《그 이후 하나의 행복》,이 있으며, 가곡 음반〈내 안에 그리움 있다〉외 공저가 다수 있다.

백팔배

그가 시간이 갈수록 깨달은 것은 살아온 것이 이게 다가 아니라는 생각이었다. 평생을 진실되이 나답게 살자며 되도록 불의에 타협하지 않고 고집을 세워 산 것 같은데, 남은 게 없다는 생각이 들었다. 아이들은 머리가 커지자 아버지의 삶이 보잘것없다는 것처럼 폄훼하는 말을 하기 일쑤고, 어리석은 늙은이에 지나지 않는다는 얘기를 마누라는 대놓고 하는 판이다. 그 경계선을 기억해 보니 퇴직 시점과 맞아떨어졌다. 돈 몇 푼 집안에 벌어 온다고 인권과 사람을 너무 무시했대나 뭐 했대나 사사건건 불평불만이었고 앙갚음성 언행이었다.

그는 이제까지 자기가 믿었던 진실이 속수무책 무너지고 무가치해지는 것을 바라볼 뿐 어찌할 바를 몰랐다. 근력도 기력도 논리

성도, 화려했던 표현력도 다 어디로 갔는지 쥐도 새도 모르게 몸을 탈출한 뒤였고 병만 친구라며 찾아드는 것이었다. 말발이라는 게 도대체 먹혀들 틈새가 없었다. 말발이라는 게 말이 중요한 게 아니고 발이 중요한 것이었다. 말이 딛고 있는 사회적 발에 가치가 있었다.

그는 그제야 진실의 반대에 대해서 연구하지 못하고 살아온 것을 깨달았다. 그것은 거짓일 텐데…. 그는 중얼거렸다. 결국 그는 세상과 인생을 좌지우지했던 두 축, 진실과 거짓 중 진실만을 알았지 거짓에 대한 아무런 상식도 없음을 깨달아야 했다. 살아오면서 거짓이 진실을 앞지르고 출세하고 돈 잘 벌고 유명해지는 걸 많이 봐왔음에도 불구하고 그는 나와 먼 일이라며 애써 관계를 끊어 왔을 뿐이었다. 다른 이들은 그것이 진실이라며 더 달려갔었는데도 말이다. 결국 삶의 반이 진실이라면 못해도 나머지 반은 거짓이 차지하고 있었는데도 말이다.

곰곰이 생각할수록 아니 그건 한몸, 일심동체의 앞면과 뒷면인지도 모른다는 생각이 들었다. 같은 현상에 대해서도 찬성과 반대, 극우와 극좌, 전쟁과 평화, 사랑과 저주가 되지 않던가. 그렇다면 거짓도 진실이다. 상황과 여건에 따라 어떤 것이 더 득세할 뿐인 것이다. 천덕꾸러기가 될 수밖에 없는, 효용가치가 떨어진 여건이 그를 평가하는 현실이 된 것뿐이었다. 지금은 등을 보이고 있는 거다.

그런데 그 현실이 던지는 언어 폭력이 일편 옳은 말이라는 생각도 들었다. 자기라도 그럴지 모른다는 생각이, 잔물결이 모랫둑을 무너뜨리듯이 조금조금씩 번져 오고 있었다. 그의 번뇌는 거기서부터 출발해야 한다고 생각 들기 시작했다. 그는 애들과 마누라가 출타하는 낮에 골방에 두꺼운 방석을 두 겹 깔았다. 그리고 절을 하기 시작했다.

하루 이틀 열흘 한 달 두 달 육 개월 일 년, 해가 넘도록 매일 그는 절을 했다. 땀으로 흠뻑 젖을 때쯤 그의 절은 끝나곤 했다. 그의 손에 걸쳐진 백팔 염주의 첫 알이 다시 시작되려 할 때 그는 절을 멈추고 오래 꿇어 엎드려 있곤 했다. 나중에는 오체투지의 자세로 오래 엎드려 있기도 했다. 처음 한 달 그의 주문은 "내가 옳았어", "내가 틀렸어"였다. 그렇게 몇 개월이 흐른 뒤 "내가 옳았어"는 점점 사라지고 "내가 틀렸어"만 남아 갔다.

그렇게 또 몇 개월이 지난 후부터는 말을 지워 나가기 시작했다. 백팔배는 그가 살아온 지난날의 진실을 부정하지도, 안 살아 본 거짓을 부정하지도 않는 새 존재 방법이 되어 갈 거라고 믿고 싶었다.

사람 병

동물원엔 동물이 살아서 동물원이다. 그렇다면 병원엔 병이 살아서 병원이라고 했을 거다. 그런데 병원에서 병을 볼 수가 없었다. 온통 사람뿐, 병원 로비 넓은 홀에 그득한 사람들을 보며 갸웃갸웃하던 그는 무릎을 딱 쳤다. '아, 사람이 병이구나. 아, 저 병들.' 그는 홀에 가득 찬 사람들을 보며 출렁이는 병의 파도를 보는 듯했다.

그는 순번을 기다리다 호명하는 데로 끌려 들어갔다. 엑스레이를 찍고 피를 뽑고 체온계를 입에 물고 간이의자에서 한 시간여를 기다린 후에야 의사의 호출을 받았다.

"제가요 머리가 아프고요, 목에서 가래가…."

"이리 돌아누워 봐요."

의사라는 사내는 전혀 들을 생각이 없는 듯 컴퓨터 화면의 엑스레이 사진만 보더니 그의 말을 잘라 버리고 등에다 청진기를 댄 후 두 번 툭툭 치더니 "검사 몇 가지 더 하고 오세요"라며 일어섰다.

몇 개 층을 오르락내리락하며 또 눕고 찍고 빼고 불고 났더니 허기가 지고, 특히 병원 특유의 소독내가 속을 뒤집어 영 불유쾌했다. 그리고 몇 시간씩 기다리게 하는 게 너무너무 지겨워 미칠 것만 같았다. 몸살기로 온 삭신이 쑤시고 두통이 머리를 난타질해 댔으며 식은땀으로 온몸이 흥건해 무조건 눕고 싶었으나 기다려야 했다. 병의 총 집합소에서 웬만한 병은 정상 취급이다.

그렇게 통과의례를 혹독히 겪고 저녁 늦게야 6인실 병실에 누울 수 있었다. 이 병실은 전부 내과 질환 환자들이란다. 입구 쪽엔 위 수술을 기다리는 위암 환자, 맞은편엔 80이 넘은 기관지 환자로 입에 호스를 꽂고 시도 때도 없이 가래를 뽑아내고 있었다. 그 옆은 간경화, 후두암 등이었다. 폐렴인 그는 병축에도 못 들 지경이었다.

너무 지쳐 조금 쓰러졌다 시끄러워 깨보니 위암이 80 가래를 향해 소리 지르고 있었다.

"야, 영감, 병실을 옮겨! 도대체 잠을 잘 수 있어야지. 왜 소리를 꿱꿱 지르고 지랄이야."

80 가래는 가래 증세만 심각한 게 아니라 치매가 심하고 정신이 오락가락해 끊임없이 소리를 질러대며 해소 기침을 했다.

"거 누구야, 가, 집에 가야 돼! 콜록 콜록 크으 퀙퀙."

이런 말의 반복인데 워낙 크게 소리를 질러싸니 온 병실 사람들이 깜짝깜짝 깨는 것이었다. 위암은 간경화에게 "그렇지 않냐"고

동의를 구하며 80 가래를 종주먹해 대는데 간경화는 나이에 밀려 그저 맞장구를 쳐주고 있었다. 위암은 그의 머리맡에 있는 티브이 리모컨을 독점하고 지 맘대로 볼륨을 크게 올려 도저히 잘 상황도 아니었다. "티브이를 끄자" 했더니 자기는 "티브이 보면서 잠드는 체질"이라 안 된단다. 그러고는 깬 김에 자기 병 증세, 의사 욕하는 얘기, 간호사 욕, 병원의 문제점 등 쉴 새 없이 떠드는 것이었다.

인내하며 참고 참았던 그는 복도로 나갔다. 간호사에게 "귀마개를 사게 링거 바늘을 잠시 빼달라"고 했으나 "병원 밖 출입금지"라는 말에 복도 끝 의자에 가 새우잠을 청해야 했다. 얼마 후 간호사가 어디서 구했는지 귀마개를 가져다 줘 그는 귀를 틀어막고 병실 안으로 들어갔다.

첫날은 종일 너무 피곤했고 혼수 상태여서 잠을 잤으나 이후부터는 열이 잡히며 몸이 호전되자 귀마개로도 잠들 수 없는 날이 이어졌다. 그는 도저히 이대로 지내다가는 정신과 마음에 더 큰병이 들 것만 같았다.

며칠 후 의사가 와 "이젠 열도 잡혔으니 2~3일 후에 퇴원해도 될 거 같다"는 말을 할 때 기회를 놓치지 않고 그는 말했다

"그럼 오늘은 안 될까요? 내일 딸 결혼식 날인데 웬만하면 아빠 노릇을 해야 할 것 같아서요."

"어~ 좀 무린데~ 뭐 정 그러시다면 오후까지 몇 가지 처방을 바꿔 주사한 후 퇴원하도록 해보시죠."

"어구 감사합니다."

이렇게 해서 그는 다시 세상에 배출되었다. 거짓말 한 번으로 폐보다 중한 뭔가를 보호하게 된 것이라고 흡족해하며 그는 같이 배출되는 병균들에 앞장서서 병원을 빠져나왔다.

김 민 효

나충만의 순정한 거짓말
사진을 떼어낸 자리

김민효

서울예술대학에서 문예창작을, 중앙대학교 대학원에서 문학예술을 전공했다.《작가세계》에 〈그림자가 살았던 집〉으로 등단. 소설집《검은 수족관》,《그래, 낙타를 사자》가 있다. 공저로는《놀러가자 피터팬》, 미니픽션《술集》외 6권이 있다.

나충만의 순정한 거짓말

파트너는 우 검사의 손에 수갑을 채운 뒤 입에 재갈을 물렸다. 그리고 포승줄로 우 검사의 상체를 묶어 버렸다. 수갑과 포승줄 그리고 재갈을 물린 티셔츠 모두 우 검사의 트렁크에 있던 물건들이었다. 거기에는 용도가 짐작되는 잭나이프와 야구방망이도 있었다. 그는 잭나이프도 챙겨 주머니에 넣었다. 그런 다음 우 검사를 앞세워 집 안으로 들어갔다. 나충만은 종종거리며 파트너의 뒤를 따랐다.

집 안은 빈집처럼 조용했다. 순종으로 여겨지는 진돗개가 한 마리 있었지만 짖지 않았다. 오히려 꼬리를 살랑살랑 흔들며 반겼다. 우 검사의 땀 냄새가 밴 골프 재킷과 바지 그리고 골프화를 나눠 미리 착용한 덕분이었다.

파트너는 우 검사를 번쩍 들어 그의 서재로 데려가 의자에 앉혔다. 파트너를 알아본 우 검사의 표정은 분노로 일그러졌다. 분노를 표출할 수 있는 것은 그의 표정뿐이었다. 개 취급도 못 받던 운전사 주제에 감히…. 누구라도 짐작할 수 있을 만큼 노골적인 표정이었다. 파트너는 아랑곳하지 않았다. 그는 포승줄을 풀어 우 검사를 의자에 다시 묶었다. 그런 다음 책꽂이를 밀었다. 책꽂이 뒤에는 커다란 금고가 자리하고 있었다.

"검사님, 불편을 드려 매우 송구스럽습니다. 그러나 달리 방법이 있어야지요. 자, 힘드실 텐데 빨리 끝냅시다. 거기에 비밀번호를 적으세요."

파트너는 책상 위에 놓인 종이와 볼펜을 가리키며 말했다. 우 검사는 파트너를 노려보기만 할 뿐이었다. 파트너는 흔들림이 없었다. 그는 등에 메고 있던 가방에서 봉투 두 개를 꺼냈다. 그는 그것을 하나씩 책상 위에 올려놓으며 말했다.

"이것은 선물, 이것은 폭탄입니다. 선물을 받으시든, 자폭을 하시든, 알아서 선택하세요."

파트너는 두 개의 봉투에서 내용물을 꺼내 우 검사의 눈앞에 바짝 들이댔다. 시나리오에 없던 상황이었다. 나충만은 내용물의 성격이 무엇인지 궁금했지만 나서진 않았다. 어차피 이 일을 주도한 사람은 파트너였기 때문이다.

나충만의 역할은 파트너의 지시에 따르는 것이었다. 주객이 전도된 느낌이 없지 않지만 파트너는 나충만의 역할을 그렇게 제한했다. 아니 강요했다는 게 맞을 것이다. 나충만은 그가 이번 일의 주모자이든 파트너이든, 그것에 대한 의미를 달리하지는 않았다. 경리부장이었던 자신이나 운전기사였던 그나 왕 회장의 수족 노릇을 하다가 버려졌다는 사실은 매한가지였다는 점에서 그랬다.

개나 돼지처럼 마구잡이로 짓밟힌 쪽은 운전기사였지만 회생이 불가능할 정도로 사회에서 매장당한 쪽은 나충만이었다. 그는 아무런 대비책도 마련하지 않은 채 왕 회장의 꼬리가 되어 경제사범으로 전락했다. 그러나 그는 복수를 감행할 배짱도, 의지도 없었고 체력도 뒷받침이 되지 못했다. 뿐만 아니라 삶에 대한 의지도 없었다.

폐인이 되어 있는 그를 기다려 준 사람은 운전기사인 파트너였다. 그는 법이나 여론의 힘을 빌리지 않았다. 복수할 도구는 오로지 자신의 몸뚱이와 머리밖에 없다고 생각했다. 그는 동지가 필요했다. 다른 조건은 필요치 않았다. 같은 대상을 향한 복수심과 적개심만 있으면 그만이라고 생각했다. 그는 출감 후 폐인이나 다름없는 나충만에게 복수 의지를 일깨웠다. 그러나 나충만이 동조하게 된 것은 엉뚱한 기대 때문이었다. 사실 파트너는 나충만이 갈망하는 것이 무엇인지 정확히 꿰뚫고 있었다. 다만 결정적인 그 카드를 가장 나중에 제시했을 뿐이다.

우 검사는 사색이 되었다. 파트너는 수갑을 채운 우 검사의 손가락에 볼펜을 쥐어 주며 다그쳤다. 그러나 우 검사는 볼펜을 잡지 않고 버텼다. 파트너의 눈빛이 매우 서늘해졌다. 그는 잭나이프를 꺼내 손가락으로 칼날을 쓰윽 훑었다. 칼날에 피가 묻어났다.

"검사님, 난 무서울 게 없는 놈입니다. 가진 거라고는 목숨 하나 뿐인데, 이것에도 별 미련이 없다니까요."

파트너의 목소리는 매우 차가웠다. 범죄 영화에서 봤던 킬러의 모습처럼 섬뜩했다. 나충만은 소름이 돋은 팔을 번갈아 쓸어내렸다. 때마침 어린애 우는 소리가 들렸다. 파트너의 눈빛이 잠깐 흔들렸다. 그러나 그는 이내 냉정을 되찾으며 말했다.

"아, 어린애가 있었지? 아름다운 배우 마나님은 안녕하신지 모르겠네. 마나님께 왕 회장의 두둑한 출산 축하금도 내가 배달했었는데. 검사님, 그것도 기억하시지요? 배달사고 한 번 일으키지 않고 성실하게 봉사한 공로를 생각한다면 이 정도의 보상은 암것도 아니잖습니까. 피차 길게 볼 사이가 아니니 빨랑빨랑 끝냅시다, 우 검사님."

파트너는 나충만과 우 검사를 번갈아 보며 재촉했다. 우 검사는 불안한 눈빛을 감추지 못했다. 그러나 순순히 협조할 생각은 없는 듯했다.

"말이 영 안 통하네. 에이 쓰발, 이판사판인데 형씨 계획대로 처리합시다. 마나님 베드신 연기가 기가 막히던데 재미부터 보시오. 재미 보는 동안 내가 검사님을 잘 모시고 있을 거니까. 순순히 말을 듣지 않거든 단번에 보내 버려."

파트너는 단호하게 말을 맺으며 잭나이프를 나충만에게 건넸다. 우 검사의 표정이 절망스럽게 변했다. 그는 애걸복걸하는 표정을 지으며 백지에 금고의 비밀번호를 썼다. 파트너는 회심의 미소를 지으며 나충만에게 눈짓을 했다. 우 검사의 아내가 딴 짓을 못 하도록 조치를 하라는 신호였다. 우 검사는 의자에 묶인 채로 발버둥을 쳤다.

나충만은 파트너의 눈빛에 떠밀려 서재를 나왔다. 그는 아기 울음소리가 나는 안방을 향해 다가갔다. 심장이 터질 것처럼 뛰었다. 그는 이 상황이 좀처럼 믿기지 않았다. 억울하게 범죄자로 전락한 순간보다 더 비현실적인 느낌이었다.

어쨌든 나충만에게 그녀는 여전히 딴 세상의 요정이었다. 결코 인간세상에서는 손을 잡아볼 수도 안아볼 수도 없다고 생각한 존재였다. 그는 파트너가 했던 것처럼 잭나이프로 자신의 손바닥을 그어 보았다. 아픔을 느낄 새도 없이 피가 배어 나왔다. 꿈은 아니군. 설령 꿈이어도 괜찮아. 이 기회를 놓친다면 죽어서도 후회할 거야. 그는 스스로를 격려하며 안방의 도어핸들을 잡았다.

나충만은 잠시 호흡을 조절했다. 벌떡거리는 가슴도 몇 번이나 눌렀다. 그리고 아주 조심스럽게 문을 열었다. 그는 도어핸들을 잡은 채 그대로 얼어붙었다. 그의 눈앞에는 그려본 적도 없고, 상상해 본 적도 없는 풍경이 펼쳐져 있었다. 긴 머리를 대충 묶은 여자가 가슴을 풀어헤친 채 아기에게 젖을 물리고 있었던 것이다. 아기는 젖꼭지를 문 채 여리디여린 손으로 다른 젖가슴을 만지작거리는 중이었다. 명화에 등장하는 여신의 것처럼 그녀의 젖가슴은 풍만했다.

나충만은 그녀가 인간의 어미라는 사실이 믿기지 않았다. 그럼에도 불구하고 인간의 어미인 그녀의 모습은 아름다웠다. 누구도 이 풍경에 흠집을 내서는 안 된다는 생각이 들었다. 설령 그가 운명을 같이하기로 맹세한 파트너일지라도. 자신 역시 그녀의 광팬이란 이유로 저 아기의 어미를 도둑질해서도 안 될 것 같았다. 나충만은 슬펐다. 그녀가 아름다워서 슬펐고, 아기가 그녀를 온전히 차지하고 있어서 슬펐고, 그녀를 향한 기대가 무너져서 슬펐다. 그의 두 다리에서 힘이 빠져나갔다. 두 팔에서도, 겨우 머리를 받치고 있는 어깨에서도…. 맹렬하게 뛰고 있는 것은 그의 심장뿐이었다.

그녀가 나충만을 바라보았다. 그녀의 눈에는 두려움과 함께 간절함이 역력했다. 나충만은 그녀를 안심시키기 위해 두 팔을 들어 올렸다. 그의 한 손에는 잭나이프가 들려 있었고, 다른 손에는 피가 흘러내리고 있었다. 나충만의 의도와는 달리 그녀의 눈빛엔 엄청난 공포가 어렸다. 그녀는 차마 비명도 지르지 못했다. 그녀는 아기를 더 깊이 끌어안았다. 놀란 아기가 자지러졌다. 나충만은 뒷걸음질을 치며 문밖으로 나왔다. 안으로 닫힘 버튼을 누르는 것은 잊지 않았다. 그것은 그녀에게 바치는 나충만의 처음이자 마지막 선물이었다.

파트너는 나충만을 태운 채 전속력으로 공항을 향해 달렸다. 새벽 공기는 무척 신선했다. 영종대교의 가로등 불빛도 희미해지고 있었다. 사실 파트너가 호언장담을 했지만 나충만은 아침을 맞을 준비가 되어 있지 않았다. 어쨌든 가장 센 놈의 주변이 가장 허술

하다는 파트너의 주장을 다시 한 번 확인한 밤이었다. 나충만은 파트너를 향해 물었다.

“어디로 가는 거지?”

“그러게 왜 공항 쪽으로 달려왔을까? 아마 나 부장을 먼 나라로 보내고 싶었던 것은 아닐까?”

나충만은 어이없다는 표정을 지으며 물었다.

“난 파트너 없이 아무데도 안 가. 근데 우 검사 금고에서 얼마나 긁어 왔지?”

파트너가 큰 소리로 웃기 시작했다. 나충만이 처음으로 듣는 통쾌한 웃음소리였다. 나충만은 파트너가 웃음을 그칠 때까지 참을성 있게 기다렸다. 파트너는 손으로 눈물을 훔치며 말했다. 손수건으로 질끈 동여맨 손바닥에는 핏물이 짙게 배어 있었다.

“한 푼도…. 그 대신 더 큰 것을 가져왔지. 왕 회장과 우 검사를 한 큐에 보낼 진짜 폭탄. 지금부터는 언론이나 여론의 힘을 빌려볼까 하는데, 아마 이런 정도의 폭발력이라면 한동안 뉴스가 뜨거울 거야.”

나충만은 파트너의 눈가에 묻은 핏물을 바라보면서 다시 물었다.

“우 검사에게 내밀었던 봉투 속에 무슨 내용이 들어 있었던 거야?”

“뭐긴, 아무것도 아니었지. 녀석은 폭탄이라는 말에 지레 겁을 먹더라고. 구라 한 번 멋지게 쳤지. 안 그래? 아, 그런데 우 검사 마누라의 가슴은 만져 봤나? 그리고 키스는…. 물론 소원 성취

했겠지?"

나충만은 처음으로 파트너의 말이 귀에 거슬렸다. 그러나 그는 파트너를 향해 흡족한 미소를 지었다. 그리고 꿈꾸는 듯한 목소리로 말했다.

"그럼, 그럼. 그녀를 완벽하게 가졌지. 이제 그녀는 내 여자야."

나충만은 칼로 그었던 자신의 손바닥을 지그시 눌렀다. 상처의 통증이 고스란히 심장으로 전해졌다. 짜릿한 통증이 전신으로 번져 나갔다.

사진을 떼어낸 자리

선생님, 또 옷에다 똥물을 지리고 말았어요. 정말이지 일부러 그런 것이 아니에요. 사실은 배가 아주 많이 아팠어요. 제 뱃속에서 전쟁이 났었나 봐요. 이쪽저쪽에서 폭탄이 터진 것처럼 요동쳤어요. 그리고 날카로운 창으로 무장한 악마들이 한꺼번에 공격하기 시작했어요. 거 있잖아요. 손을 깨끗이 씻지 않거나, 불량식품이나 상한 음식을 먹으면 우리 몸을 공격한다는 그것, 뾰족한 창을 든 까만 악마 말이에요. 선생님이 보여준 그림책에 있었잖아요.

이번에도 아줌마는 까만 악마들을 제 밥에다 숨겨놓았나 봐요. 눈치를 못 챈 건 아니었어요. 밥에서 시큼한 냄새가 났고 검붉은 곰팡이가 섞여 있었거든요. 하지만 너무 배가 고파서 먹을 수밖에 없었어요. 얼마나 배가 고픈지 사랑이의 밥을 몰래 먹기도 했어요.

사랑이가 누구냐고요? 아줌마가 무지무지 예뻐하는 강아지 이름이에요. 우쭈쭈, 우리 사랑이. 배고팠어요? 엄마가 맘마 줄게. 우쭈쭈 내 새끼 간식 먹을까? 아줌마가 그럴 때마다 정말 궁금했어요. 사랑이 엄마는 아줌마일까? 아줌마가 강아지를 낳았을까?

많이많이 아팠지만 저는 소리를 지르지 않았어요. 아줌마가 화를 내시거든요. 화를 내시면 엄청 무서워요. 주먹을 휘두르면서 고래고래 소리를 질러요. 주먹에 맞으면 수만 개의 불꽃이 눈앞에서 터져요. 한동안 아무것도 볼 수 없고 아무것도 생각할 수 없을 만큼이요. 가슴을 맞으면 한참 동안 숨을 쉴 수가 없어요. 며칠 동안 눕지도, 엎드리지도, 가슴을 펴지도 못해요. 아줌마의 주먹에 맞지 않으려면 절대로 한눈을 팔아서는 안 돼요.

소리를 내지 않으려고 입을 꾹 다물었어요. 하지만 어찌나 배가 아픈지 떼굴떼굴 굴렀어요. 그러다 갑자기 똥이 마려웠어요. 조심스럽게 일어났어요. 똥이 나올 것 같아서 손으로 똥꼬를 막았어요. 그러나 한 발을 막 떼려는 순간, 똥물이 팍 터져 나왔어요. 물풍선이 터진 것처럼…. 똥물이 다리를 타고 줄줄 흘러내렸어요. 똥물이 거실 바닥을 더럽히고 말았어요. 저는 선 채로 얼음이 되고 말았어요. 이제 정말 죽었다 싶었죠. 아줌마의 고함 소리가 천둥소리처럼 크게 들렸어요. 갑자기 눈앞에서 수만 개의 불꽃이 터졌어요. 아줌마의 주먹이 제 머리통을 후려친 거예요.

선생님, 그다음 제게 무슨 일이 벌어졌는지 말하고 싶지 않아요. 사실은 무슨 일이 있었는지 잘 모르겠어요. 정신을 차려 보니 화장실 욕조 안이었어요. 저는 발가벗긴 채 욕조 안에 처박혀 있었던 거예요. 똥이 묻은 제 바지와 함께요. 욕조에는 똥 찌꺼기가 군데군데 묻어 있었어요. 제 몸에서는 락스 냄새가 지독했고요. 아줌마가 제 뱃속을 공격했던 까만 악마들을 없애려고 그랬나 봐요. 어쩌면 저도 함께 없애려고 그랬을지 몰라요. 아줌마는 화가 날 때마다 저를 치워 버려야겠다고 말했거든요. 저를 치울 거면 유치원에 버려 달라고 부탁한 적이 있어요, 딱 한 번이요. 그러자 아줌마가 버럭 고함을 질렀어요.

"내가 미쳤니? 그년이 있는 유치원에 너를 보내게."

아줌마가 그년이라고 말한 사람이 선생님이란 것을 저는 알았어요. 선생님께서 제 몸에 든 멍과 상처를 보시고 저에게 물으셨잖아요. 누가, 이렇게, 아프게, 했냐고요. 넘어져서 다친 거라고 저는 씩씩하게 대답했었지요. 선생님은 제가 거짓말을 하고 있다는 것을 다 아셨던 거지요. 그래서 핸드폰으로 제 몸을 찍으려고 하셨던 거고요. 선생님께서 핸드폰으로 제 몸을 찍을 때 부끄럽고 속상했어요. 그렇지만 참았어요. 선생님께서는 진짜로 저를 걱정하셨잖아요. 그 일 때문에 유치원에 갈 수도 없고, 다시는 선생님을 만날 수도 없게 된다는 것을 그때는 알 수 없었어요. 알았다면 진짜처럼 거짓말을 잘했을 거예요. 사진도 찍히지 않았을 거고요.

아줌마는 누군가를 기다렸어요. 기다리는 동안 저에게 말했지요. 아줌마가 시키는 대로 하면 피자랑 치킨이랑 아이스크림을 사주고 유치원에도 다시 보내주겠다고요. 경찰 아저씨와 낯선 선생님이 집으로 왔을 때, 저는 아줌마가 일러준 대로 물음에 대답했어요. 미리 약속한 대로 경찰 아저씨의 등에 매달렸고, 낯선 선생님의 머리카락도 잡아당겼어요. 아줌마는 많이 아프게 하라고 했지만 저는 살짝 잡았다 놓았어요. 그리고 세 번 소파에서 뛰었고, 처음으로 식탁 위로 올라갔어요. 아줌마와 약속한 대로라면 신나게 뛰어내려야 하는데 자신이 없었어요. 아줌마를 바라보았어요. 빨리 뛰어내리라는 눈짓을 했어요. 저는 눈을 감고 숨을 크게 쉬었어요. 갑자기 눈앞이 핑 돌았어요. 저는 그대로 거실 바닥으로 떨어지고 말았어요. 아줌마는 재빨리 저를 안아 일으키며 말하더군요.

"이를 어째, 괜찮니?"

아줌마는 경찰 아저씨와 낯선 선생님을 바라보며 다시 말했어요.

"애가 이렇다니까요. 하지만 어쩌겠어요. 남자아이들이 대부분 그렇잖아요?"

경찰 아저씨는 저를 보고 고개를 절레절레 흔들었고, 낯선 선생님은 이마를 찌푸렸어요. 그들이 나가자마자 아줌마는 제 팔을 질질 끌어다 제 방에 처박았어요. 시키는 대로 하면 피자도 사주고 장난감도 사주겠다는 약속은 지키지 않았어요.

아줌마는 저를 방에 가둬 놓은 채 밥도 주지 않았어요. 어쩌다 생각나면 냄새나는 밥을 방으로 넣어 줬어요. 단무지 한 쪽도 없이요. 밥을 먹고 나면 뱃속에서 전쟁이 일어났어요. 부글부글 끓었고 설사를 했어요. 아줌마가 밥에다 까만 악마를 잔뜩 넣었던 것 같아요. 옷에다 설사를 하니까 방문은 열어 줬어요. 하지만 제가 갈 수 있는 곳은 화장실밖에 없었어요.

저는 차라리 사랑이라면 좋겠다는 생각을 했어요. 사랑이는 집 안 곳곳을 돌아다닐 수 있고, 아줌마 품에 안겨서 맛있는 것도 마음껏 먹잖아요. 정말 부러웠어요. 저도 엄마와 아빠 품에 안겨 본 기억이 있거든요. 아마 아빠가 저에게 처음으로 거짓말을 한 날이었을 거예요.

아빠가 제 자전거 보조바퀴를 떼어낸 날이었지요. 아빠가 자전거를 잡고 있으니까 안심하라고 말했어요. 저는 아빠의 말을 믿고 한참을 신나게 달렸지요. 그러다 문득 뒤를 돌아보았어요. 느낌이란 게 있잖아요. 아빠가 제 자전거를 잡고 있지 않다는 것을 알자마자 저는 자전거와 함께 넘어지고 말았어요. 다리와 팔에서 피가 났어요. 저는 울음을 터트렸고요. 아빠가 달려와 저를 안았어요. 미안해하는 아빠의 등을 때리며 저는 더 서럽게 울었어요. 그러나 아빠가 조금도 밉지 않았어요. 아빠의 거짓말이 사랑이라는 것을 알았거든요.

그날 우리 가족의 모습은 사진으로 찍혀 거실에 걸렸어요. 엄마가 떠나고 아줌마가 들어온 후 그 사진은 사라졌어요. 어떻게 사라졌는지 저는 알지 못해요. 아직도 사진을 떼어낸 자리에는 희미하게 자국이 남아 있어요.

선생님, 겨우겨우 욕조에서 기어나왔지만 일어설 힘이 없네요. 영영 화장실 밖으로 나갈 수 없을 것 같아요. 문틈으로 거실이 조금 보여요. 아빠와 아줌마의 목소리도 들려요.

"애를 계속 저렇게 둘 거야?"

"저렇게 안 두면? 어떻게 할 건데. 매번 옷에다 똥을 싸질러 대는데 나더러 어떻게 하라고. 뒈지든지 말든지 나도 몰라."

"그래도 애를 죽게 할 수는 없잖아?"

"당신, 저 새끼에게 손대기만 해. 그 순간 끝이야."

아줌마가 아빠를 윽박지르고 있어요. 저는 아빠에게 살려 달라고 말해요. 그런데 목소리가 나오지 않아요. 저는 온힘을 다해 욕실 바닥을 기어요. 문 앞까지는 왔지만 더 이상은 안 되겠어요. 팔을 뻗어 가까스로 화장실 문을 조금 밀었어요. 아빠와 아줌마의 모습이 보여요.

기적처럼 아빠와 눈이 마주쳤어요. 아빠는 재빨리 고개를 돌려 버리네요. 아줌마만 저를 노려보고 있어요. 이제는 아줌마가 조금도 무섭지 않아요. 아줌마가 제 눈길을 피할 때까지 계속 바라볼 거예요. 이윽고 아줌마도 고개를 돌리네요. 저는 사진이 걸렸던 자리를 쳐다봐요. 사진은 떼어졌지만 저는 그 가족사진을 선명하게 기억하고 있어요. 그런데 이상하지요. 엄마 자리에 엄마가 없고, 아빠 자리에도 아빠가 없어요. 엄마와 아빠 대신 선생님이 계셔요.

선생님, 저는 선생님 냄새를 생생하게 기억해요. 그날 제 상처를 어루만지며 안아 주셨잖아요. 그때 선생님에게서 엄마 냄새가 났어요. 그 냄새가 너무 좋아서 눈물이 날 뻔했고요. 이상해요. 졸리지는 않은데 눈이 자꾸 감기려 해요. 사진이 걸렸던 자리도 이제 보이지 않아요. **그래도, 보. 고. 싶. 어. 요, 선. 생. 님……**

김 의 규

ㅡ

속음과 속임의 틈

길라잡이

김의규

화가·미니픽션 작가. 어른을 위한 동화집 《양들의 낙원, 늑대 벌판 한가운데 있다》, 트윗픽션집 《그러니까 아프지 마》, 미니픽션 2인집 《그녀의 꽃》 등을 냈다.

속음과 속임의 틈

'진리의 길'?

'흥' 하며 코웃음을 가볍게 쳤지만 발걸음은 '진리의 길'이란 팻말을 세운 큰길가의 오솔길로 슬그머니 들어선다. 누가 이런 좁고 보잘것없는 길에 '진리의 길'이란 거창한 이름을 초라한 말뚝에 써놓았나? 하지만 이죽거리면서 이 오솔길로 접어드는 내 발길은 무엇에 끌렸을까? 내게 묻지도 않고 제멋대로 걷는 발, 그러나 그에 마지못해 끌려가는 내가 진실이고 그 어쩔 수 없음이 혹시 진리일까?

길은 사람이 다녀야 절로 생기는 것이다. 아니 길을 닦아 놓으면 그곳으로 사람이 다닐 수도 있지. 희미하게 밝은 길 위로 웃자란

풀들의 잎들이 넘실거린다. 긴 풀잎 사이로 키 작은 꽃들이 드문드문 피어 있다. 노랗고, 하얗고, 빨갛고 한 작은 꽃들의 모양이 조금씩 다르다. 허리 굽혀 눈높이를 맞춰 보아야 알 수 있는 키 작은 꽃들을 가벼운 눈맞춤 정도로 지나침은 어쩌면 가까운 진리를 못 본 채 멀리 돌아가는 내 어리석음을 깨닫는 것에 이 길의 뜻이 있는 것은 아닐까?

만나는 모든 것은 내게서 멀어진다. 하지만 정작 멀어지는 것은 움직이지 않는 그들이 아니라 걷는 나일 뿐이다. 내가 그들을 떠나는 것이다. 움직이지 않는다고 했던 그들이 문득 움직인다. 가벼운 바람이 부는 것이다. 그 바람에 소리가 있고 향긋한 냄새도 묻어 있다. 내가 안다고 했던 모든 것에 더는 확신을 가질 수 없다. 오직 사람의 말만 말이라고 생각했기에 새의 노래, 비바람의 울음, 햇빛의 속삭임을 못 들었다. 설령 들었어도 그 뜻을 헤아려 알 수 없었음이다.

나의 중심에서 멀어지면 나눠지는 시간이 보인다. 시간은 공간의 다른 이름이라고 생각하며 고개를 떨군다. 내려다보니 땅 위에서 바쁘기만 한 개미들, 그중 어떤 놈은 내 발에 밟혔고 어떤 놈은 치여서 다리를 떨고 있다. 다른 놈들은 개의치 않고 제 갈 길만 부지런히 간다. 간혹 슬쩍 들여다보는 놈도 있었지만 곧 그 자리를 떠났다. 남의 아픔과 비극에도 저렇듯 제 일에만 충실함은 누구를 위함일까? 여왕개미? 수캐미? 병정개미? 다른 일개미? 곧 태어날 알 속의 어린 개미들? 햇빛은 무심했고 그들의 삶과 존재가 지리멸렬하여 갑자기 화가 치민다. 그래서 내가 할 수 있는 것은 고작 그 자리를 빨리 뜨는 것뿐. 발걸음을 옮기자마자 죽거나 다친 제 동료를 두고 떠나는 개미가 떠오른다. 그 개미의 심정이 나와 같았을까?

완만하게 톱아드는 오솔길 맞은쪽에서 누군가 걸어오는 발짝소리가 들린다. 발짝 소리의 무게로 보아 덩치가 나와 비슷한 사내인 것 같다. 점점 더 가까이 다가온다. 그와 마주치기가 싫다. 서로 조금 비껴가야 겨우 지날 수 있는 좁은 길에서 마주친다는 것은 거의 운명이라고나 해야겠지. 고개를 들어 그를 보려는데 가까워진 발짝 소리에도 불구하고 그가 보이질 않는다. 그러고 보니 나는 내내 뒷걸음질로 이 길을 걷고 있었다. 고개를 돌려 보니 그도 나처럼 뒷걸음질을 치며 속도를 줄인다. 이제 그와 거의 닿을 즈음 우리는 서로 몸을 최대한 비껴서 걸으며 마주침을 피한다. 그와 스치듯 엇걸으니 자연스럽게 서로의 얼굴을 보았다.

순간 그도 나도 놀랐다. 우리는 마치 쌍둥이처럼 얼굴이 똑같이 생겼다. 나처럼 생긴 그가 괴기스럽다. 무섭다. 그도 나와 같은 생각을 하는 것 같다. 우리는 서로 뒷걸음질을 빠르게 한다. 빨리 멀어져 서로 안 보이길 바란다. 걸음을 재촉할수록 마음만 급하고 발이 미처 따라오질 못한다. 무엇인가가 발목을 잡아끄는 것만 같은데 이러한 일은 꿈에서 자주 겪던 일이다.

그렇다면 혹시 이게 꿈일지도 모른다는 생각에 볼을 꼬집어 꿈 깨기를 서두르는데 그도 나처럼 제 볼을 꼬집는다. 그가 점점 멀어지더니 모퉁이를 돌자 드디어 모습이 사라졌다. 안도의 한숨이 나온다. 온몸이 땀에 흠뻑 젖었다. 한 줄기 바람이 불어오자 땀이 식으며 금방 한기가 든다. 춥다. 그도 그럴까? 갑자기 그가 궁금하다. 어쩌면 똑같이 생긴 사람을 외길에서 만났는데 반가워야 하는 것 아니겠는가? 그와 다시 만나기를 나는 바라는가? 그도 나와 같은 생각일까? 설마 그가 그리워질까?

길라잡이

해는 보이지 않았다. 하지만 어둠이 짙어 가는 곳과 어둠이 걷히며 밝아 오는 곳은 뚜렷하게 서로 마주하고 있다. 그것으로 해가 뜨는 곳과 해가 지는 곳이란 이름으로 나누어 부르는 것이 지금 내가 서 있는 곳이다.

내가 있는 자리는 어둡지도 밝지도 않다. 아니, 어둠과 밝음이 반씩 섞여 있다. 내 그림자는 내 발바닥 밑에 깔려 있어 보이질 않는다. 그러니 보이지도 않는 해는 내 정수리 위 까마득하게 높은 그 어디엔가에서 불꽃을 일렁이며 있겠다.

해가 지는 곳에서 긴 그림자를 앞세우고 누군가 비척비척 걸어온다. 마르고 등과 어깨가 굽은 늙은 남자다. 나를 지나치려다 문득 그가 서서 고개를 돌려 나를 보며 묻는다.

"여기가 어데요?"

나도 모른다. 다만 어둠이 짙은 곳과 밝음이 오는 곳 그 사이인 것만 안다. 내가 할 수 있는 것은 기껏 손가락으로 하늘을 가리키는 짓뿐. 그는 고개를 끄덕이며 밝은 곳으로 이어진 외길을 따라 발걸음을 느리게 옮겨 걷는다. 먼저 왔던 그의 긴 그림자가 그에게 끌려간다. 뒤이어 짧은 그림자를 앞세워 키 작고 뚱뚱한 늙은 남자가 뒤뚱거리며 바삐 온다. 그가 나를 똑바로 겨냥하여 와서는 묻는다.

"여기가 어딘가?"

내가 먼저처럼 팔을 들어 하늘을 가리키자, 그는 둘레를 두리번거리다가 오던 쪽으로 되돌아간다. 그와 그의 그림자가 어둠 속에 섞여 사라졌다. 그가 사라진 쪽에서 또 하나의 작고 둥그스름한 그림자가 자박자박 발소리와 함께 걸어온다. 허리가 새우처럼 굽은 할머니가 지팡이를 짚고 내게 와서 묻는다.

"누구 못 봤수?"

나는 첫째 남자와 둘째 남자가 간 길 모두를 가리키느라 두 팔을 벌려 어두운 곳과 밝은 곳 모두 가리켰다. 그 할머니는 지팡이를 내던지고 밝은 쪽 길을 따라 허둥지둥 달려간다. 바닥에 떨어져 아무렇게나 누운 지팡이를 집어 길 옆에 가지런히 놓았다. 한 떼의 그림자 무리가 뒤엉켜 왁자지껄 떠드는 소리와 함께 어지럽게 다가온다. 그 소리엔 웃음소리, 노랫소리가 명랑하게 섞여 있다. 그들은 열다섯, 열여섯쯤 되는 나이의 남녀 청소년들이다.

그 애들이 나를 그냥 지나치려 하자 그들에게 어딜 가느냐고 물었다. 어떤 애는 하늘을 가리키고, 또 어떤 애는 빛이 밝은 길 쪽을 가리키며 떠나간다. 내가 그들이 오던 곳을 가리키자 깔깔깔 웃으며 밝은 곳으로 모두 떠났다.

그 애들의 수를 어림잡아 헤아리니 거의 삼백 명 남짓 되는 듯하다. 그 애들 중에 더러 어른도 섞여 있었다. 아이들이 떠난 길 위에 물이 흥건했다. 조금 뒤 하나의 그림자가 갈팡질팡하며 춤을 추듯 다가왔다. 그리고 그 그림자를 발끝에 붙였다 떼었다 하며 한 여자가 헝클어진 머리를 하고 울부짖는다.

"우리 애기, 우리 애기."

나는 못 보았기에 잠자코 있었다. 그 여자는 오던 길을 다시 미친 듯 훑어가며 뛰어갔다. 어둠이 깊은 길 끄트머리에서 '앙앙' 하며 우는 소리가 들렸다. 곧이어 아주 작은 그림자들이 내게 구르듯 온다. 그림자를 안고 어린이와 아기들이 울면서 달려왔다. 여기저기 몸에 검푸른 멍이 든 아이, 뺨과 배가 홀쭉한 아이들이 눈물 콧물이 뒤범벅되어 왔다. 아이들을 모두 등에 업고, 어깨에 올리고, 팔로 안았다. 버려진 지팡이를 주워 짚으며 밝은 길을 따라 걷는다. 아이들이 금방 내 몸 위에서 깔깔거리고 저희들끼리 논다.

등 뒤 어두운 곳에서 또 다른 여자의 목소리가 다가온다.

"내 아기, 내 아기…."

길은 하얗게 빛나는데 해는 보이지 않는다.

김 정 묘

—

기억의 꽃 I
지금산에 사는 벽려씨

김정묘

《문학과 비평》에 시로 등단, 《한국소설》 신인상 수상하며 소설로 등단했다. 시집 《하늘연꽃》, 《태극무극》, 《그리움은 약도 없다》와 동화집 《엄마야 누나야 강변 살자》, 산문집 《부처님 공부》가 있다. 한뼘자전소설 교재형 작품집 《내 이야기 어떻게 쓸까?》(공저)와 미니픽션 동인지 《나를 안다고 하지 마세요》 외 다수가 있다. 한국소설가협회·한국미니픽션작가회 회원이다.

기억의 꽃 I

"할머니, 입을 크게 벌리는 일 빼곤 힘든 건 없을 겁니다"

흰 마스크를 쓴 치과의사는 마취주사기를 꺼내며 나를 안심시켰다. 옆에 있던 간호사가 의자를 뒤로 완전히 젖힌 뒤 내 얼굴 위로 녹색 면포를 덮었다. 눈을 가리고 입 주위만 동그랗게 뚫어놓은 면포가 얼굴에 데드마스크처럼 놓이자, 진저리를 치듯 눈가가 파르르 떨렸다. 며칠 전 친구의 입관식에서 보았던 광경이 또렷하게 떠올랐다.

수의를 입고 눈 감은 채 반듯하게 누워 있던 친구의 얼굴 위로 하얀 면포가 씌워지자 참석한 사람들은 누가 먼저랄 것도 없이 참았던 울음을 터트렸다. 이 세상에서 그녀의 얼굴이 사라지는 순간을 애통해하는 울음소리는 산 자와 죽은 자를 가르는 소리가 되어 영안실을 맴돌았다. 그녀가 다시 태어나기 전까지는 내지 못하는 울음소리만이 내 친구로 남았다. 죽을 복을 타고난 그녀는 잠자다가 저 세상으로 갔다. 믿기지 않는 그녀의 죽음을 본 뒤로 생각은 생각으로 끝나지 않는다. 생각이 현실감을 마비시키며 나를 덮쳐 버린다. 나는 조금의 간극도 없이 현실을 뛰어넘어 버린다. 어느새 내가 누워 있는 이 치과 의자가 입관을 기다리는 스테인리스 침대가 되어 나는 수의 대신 가슴에 턱받이를 두르고 마지막 면포를 덮어 이 세상에서 내 얼굴이 사라지는 순간을 맞고 있었다.

"자, 할머니, 아~ 해보세요. 목젖이 보일 만큼 입을 크게 벌리세요."

내 나이 팔십이다. '아직은 쓸 만해서 못 간다고 전해라~'는 유행가로 팔십 노인을 추켜세우는 세상이지만 이제 살 만큼 살았다. 언제 죽어도 섭섭하지 않은 나이다. 그래도 사는 동안은 이빨로 씹고, 깨물고, 물어뜯으며 먹고 살아야 하는 일이 남았다. 친구처럼 잠자듯 갈 때까지 굶어죽을 순 없는 일이었다.

나는 사지가 묶인 한 마리 동물처럼 몸을 꼼짝 못한 채 입 가장자리가 아플 만큼 입을 크게 벌렸다. 입을 벌린다는 것은 마치 질 속에 남자가 들어오는 것처럼 빡빡한 조임과 수줍음이 있다. 남녀 교접이란 참을 수 없는 어둠의 아가리에 빨려들어가는 죽음의 순간을 맞는 것이다. 만약 블랙홀을 먹을 수 있다면 나는 그것을 단숨에 삼켜 버렸을 것이다. 내가 이런 생각을 할 수 있다는 건 분명 어느 행성에선가 블랙홀을 키우고 있기 때문일 것이다.

그 행성에는 블랙홀을 먹는 생명체가 있지.

살아남기 위해 블랙홀을 계속 키우면서 잡아먹지.

거짓말처럼 새로운 블랙홀을 계속 만들어 내고 있지.

블랙홀을 계속 잡아먹기 위해 할 수 있는 짓거리는 다 하고 있지.

블랙홀을 사랑한다는 건 꽤나 끔찍한 일이지.

헤이 친구, 이걸 어떻게 생각하나?

머지않아 이런 랩송도 나올 것이다. 나는 이제 젊은이들이 잘 쓰는 '그런 것 같다'라는 말을 잘 쓰지 않는다. '뭐뭐 할 것이다'라고 확신하는 표현을 쓴다. 늙고 슬픈 표현이다. 나는 입을 벌린 채 침을 꼴깍 삼켰다. 씹지 않은 큼직한 고깃덩이를 삼킬 때처럼 목젖이 아팠다. 친구도 이렇게 마지막 숨을 넘기며 블랙홀을 삼켰을 것이다.

"따끔할 겁니다."

의사는 한쪽 입 가장자리를 힘껏 잡아당기며 잇몸에 주사바늘을 꽂았다. 나는 이마를 찡그리고 어깨를 움츠렸지만 입에서는 아무 소리도 나오지 않았다. 아니다. 크게 벌린 입 속에 숨죽여 우는 아이가 있다. 아~ 소리도 낼 수 없이 크게 벌어진 입을 손바닥으로 서둘러 틀어막고, 울음소리를 참느라 온몸이 뻣뻣해지고, 주먹으로 목울대를 눌러 숨소리조차 낼 수 없던 작은 여자아이가 있다. 친구가 울음소리로 남았듯이 오래된 그 여자아이가 아직도 숨죽여 울며 살아 있었다.

책을 좋아하고, 차분하여 집 밖에 나가지 않고, 말수가 적은 아이는 친구 집에 얹혀살면서도 친구 부모에게 살갑게 굴어 친딸보다 더 귀여움을 받았다. 부모에게 버림받은 불쌍한 고아 신분을 이겨낸 '달려라 하니'가 되기도 하고, 맘에 드는 남자를 유혹하느라 서슴없이 속옷을 벗는 열정적인 '먼로'가 되기도 하고, 교회 간증과 수행을 빌미로 몇 년씩 두문불출 암자 칩거를 일삼는 동안 표정 하나, 말 한마디가 꾸민 구석이 없어서 어느 누구도 의심하지 않았다. 이 세상에서 제일 속이기 어렵다는 자신에게조차 속임수를 쓰느라 정신과 병원에도 들락거렸다. 진실을 말해도 거짓으로 들렸고, 거짓을 말해도 진실로 들렸다. 아무도 나를 알지 못했다. 딴따라판이든, 예술가판이든, 수행자 무리 속이든, 사람들은 나를 처음부터 그 무리에 있었던 것처럼 받아주었다.

그러기 위해서는 솔직함이 나의 최대 무기였다. 거짓말은 처음부터 할 생각이 없었다. 유목민처럼 떠돌며 신분 위장에 매달린 것은 오직 숨죽여 울던 그 아이를 버리기 위한 거짓말이었다. '생각이 물질이다'는 말은 사실이었다. 나는 숨죽여 울던 여자아이 대신 내가 만든 여자아이를 성장시키며 살아왔다. 이제 눈은 감지만 입을 벌리고 죽는 순간, 나는 부러지고 썩은 어금니처럼 잇몸 속에 감춰진 숨죽여 울던 여자아이를 뿌리째 뽑아낼 것이다.

"할머니도 열심히 사셨나 봐요. 이를 보면 그 사람 살아온 내력이 어느 정도 보이거든요. 이를 앙물고 살아오신 분들은 어금니가 일반 사람들과 좀 달라요."

치과의사는 뽑아낸 이빨을 핀셋으로 집어 휴지통에 던졌다. 나는 지혈하기 위해 박아놓은 솜뭉치가 빠지지 않도록 이를 앙물었다.

지금산에 사는 벽려씨

지금산 암자에 일가를 이루고 사는 벽려씨를 안 지는 그리 오래되지 않았다. 그의 아명은 덩굴이며, 호는 벽려薜荔다. 길게 퍼지거나 다른 것을 감아 오른다는 뜻이다. 벽려씨 선조는 울울창창 큰 나무를 타고 오르는 귀재로 초나라 솔왕을 만나 벼슬을 구했으며, 솔왕의 신망을 한 몸에 받았다. 초나라에는 솔왕의 고고한 기품을 유지하기 위한 고뇌를 견뎌낼 자가 없어서 아무도 곁에 오질 않았으나, 벽려씨 선조들은 마치 한어미에서 태어난 자손처럼 정이 도타워서 잠시도 떨어지지 않았다.

그는 말년에 이름을 감추고 주나라에 들어가 장렬하게 전사했는데, 이는 솔왕의 늘푸른 정신을 세상에 전하기 위함이었다. 솔왕은 충정의 보답으로 그의 후손들을 돌보아 주었고, 후손들 역시 솔왕의 숭고한 향기를 세상에 전하는 일에 조금의 의심도 없이 달려들어 주나라에 목을 내놓았다. 지금도 주나라에 가면 시대와 맞선 자, 시대를 거스른 자, 시대를 비껴간 자들이 그의 선조 신위를 모신 사당에 둘러앉아 주거니 받거니 그들의 영웅담을 되새기고 있다 한다.

대대로 화왕의 나라를 돌아보면 작약은 화왕과 함께 죽고, 대는 겨우 절개를 지켰으며, 매화는 버림을 받고, 다만 국화는 초연히 홀로 화난을 면하였으나 화나라의 부귀영화도 열흘 꿈속의 일이다. 강한 자는 공격을 잘하고 약한 자는 지키지 못하느니 의지하는 삶의 부끄러움을 잠시 참고 이름을 남겨라.

초나라인들은 하늘을 향해 굵은 줄기를 곧게 세우고 동서남북해의 길을 따라 가지만, 벽려씨 일가는 방향 없이 어디든, 곧게 올라간 다른 몸을 휘감거나 붙어서 올라간다. 땅을 딛고 선 꼿꼿한 줄기 하나 없이도 기민하고 맹렬한 걸음으로 길 없는 길을 간다. 그것은 무성하고 영화로웠던 과거는 과거로 묻어두고 혼돈과 무질서를 선택한 자들에게만 보이는 길이었다.

어느 날 벽려씨에게 혼돈과 무질서의 길을 가는 묘수를 물었다. 답은 싱겁다는 말이 싱거울 정도로 간단했다. 자신의 존재감을 포기하고 무슨 일이 있어도 휘감을 것을 잡아내야 한다는 의지 하나면 충분하다는 것이다. 한마디로 그만큼 바닥에서 오랫동안 몸부림쳤다는 뜻이라고 했다. 살아 보고자 하는 몸부림은 몸의 변태를 초래하지만 그들의 의지를 꺾을 수는 없었다. 그들은 손안에 가시와 흡판 같은 무기는 물론 끊어진 듯하면서도 앞을 잇고 뒤를 동여매고, 끌어당기되 힘을 낭비하지 않는, 길 없는 길을 보는 비법이 총총히 들어오도록 몸체를 줄였다.

손안에 들어온 세상은 가보지 못한 세상을 볼 수 있다는 의지 하나면 못 이룰 것이 없었다. 아무리 높은 정신도 그것을 휘감기만 하면 얻지 못할 지혜가 없고, 아무리 넓은 세상도 뻗어 나가기만 하면 보지 못할 세상이 없었다. 포도덩굴손은 신나라 주왕이 머리에 쓰고 다닐 만큼 각별한 사랑을 받았고, 호박덩굴손은 요리사가 되어 솥을 짊어지고 인나라 탕왕에게 다가가서 힘을 다해 농가에 이름을 올리며 대대손손 부를 누렸다.

벽려씨의 가까운 조상은 성실함과 스스로 몸을 낮추는 겸손함으로 척박한 담벼락에 붙어사는 기술을 터득하여 인나라 성에서 귀족의 삶을 살았고, '마지막 잎새'는 생명을 구한 의지의 초인으로 모르는 이가 없었다. 이런 선조의 음덕으로 벽려씨는 물론 그 자손들은 하나같이 다른 세상에 자신의 몸을 걸어 햇빛을 고루 받고 바람에 흔들려도 위태롭지 않으며 같이 흔들림을 즐길 줄 아는 풍류객으로 살고 있다. 덩굴손에 휘감긴 세상이 위로, 위로 벋어 올라가면 그 어느 녹색군자보다 햇볕을 즐기며 세상을 굽어볼 수 있었다. 벽려씨가 덩굴손을 이리저리 나풀거리면 곧 그가 기이한 세상을 보았다는 것이다. 의지하던 지팡이를 내던지는 순간, 처음 맞이하는 침묵은 두려운 법이다. 탄성을 내지르지 않을 수 없는 것이다. 이를 제일 먼저 산새들이 알아차리고 구름같이 모여든다. 지나가는 소나기도 날개를 접고 거꾸로 매달려 눈을 반짝인다.

벽려씨는 그의 일가가 살아가는 내력을 묻는 이가 처음이라며 흥이 난 듯 그의 문중에 방외지사로 살고 있는 덤불가의 이야기도 들려주었다.

> 만물은 모두 물로 이루어지고 깊은 어두움에 휩싸여 있던 시절이었다. 해와 달도 알지 못하고, 낮과 밤도 알지 못하고, 한 달과 보름도 알지 못하며, 일 년이 가는 것도 알지 못한다. 남자와 여자도 알지 못하고, 혼돈은 오직 혼돈이라고 불렸을 뿐이었다.

참과 거짓은 처음부터 없었으나 혼돈이 사라지고, 버섯류가 사라지고, 덩굴가가 문으로 세상을 어지럽히고 무로써 법을 어긴 시절이었다고 한다. 초나라인들은 천둥으로 호령하고 번개칼을 휘두르는 도나라 군사들을 크게 두려워하였는데, 특히 혼돈과 무질서를 신앙하는 덤불가가 제일 먼저 화를 당했다. 그들은 문무 생태계 공공안녕을 문란케 하는 주범으로 몰려서 일가를 이룰 만하면 몰살당하기 일쑤였다.

저들 불한당들은 땅을 가려서 밟지도 않고, 때가 되지 않았는데도 말을 하고, 그 내용 또한 시종 종잡을 수 없고 일반적인 이치에 맞지 않는다. 빛을 굴리고 빛을 휘감고 빛을 이어 나르고 빛을 공중그네에 매어다는데, 그 놀라운 재주에 모여든 벌떼, 나비떼, 새떼들을 희롱한다. 그리고 하늘과 땅이 만들어지기 전의 멀고 먼 혼돈을 따르라고 선동한다. 기억력이 좋고 약삭빠르기 그지없어 스스로 설 수도 없으면서 엉거주춤 휘감기는 척하다가 꼭대기에 이르면 의지했던 자를 밟고 올라서 버리는 기회주의자들이다. 저들을 그냥 두고 본다면 누가 하늘의 도를 믿겠는가.

영원한 반란을 꿈꾸며 길들여지지 않은 부류들은 초야에서 영토도 없이 스스로 왕으로 칭하였다. 반란을 주도한 덤불은 출신이 미천했지만 하나라를 정벌한 뒤로 세력이 걷잡을 수 없이 뻗어 나갔다. 혹독한 시련을 이겨내고 살아남았기에 잠도 안 자고 뻗어 나가는 자기 혈통에 충실한 근성을 키워 나갔다. 그리고 마침내 세상을 뒤덮어 버리는 세력을 과시하기에 이르렀다.

우리는 이미 수억만 겁 전에 직립보행의 유혹을 뿌리치고 우리의 운명을 결정했다. 우리는 이성적인 하늘의 복종에 길들여지지 않았고, 우리들 나름대로 자유롭게 행동하며 게걸스럽고 야하고 뻔뻔하게 산천을 지배해 왔다. 지금까지 쉼 없이 달려왔다. 여기서 멈출 수 없다. 앞으로 앞으로.

하지만 덤불은 빠른 속도감에 중독되어 점점 더 사치스러워지고 점점 더 교만해지고 점점 더 사소해지고 약간씩 미쳐 갔다. 걸고 올라갈 다른 몸 없으면 제 살끼리 똬리를 틀고 올라갔다. 이윽고 세상이 덤불로 뒤덮이자 땅을 딛고 반듯하게 일어서는 것들이 멸종하기에 이른 것이다.

"오호, 어찌해야 좋단 말인가, 진실로 어찌해야 좋단 말인가."

종말이 다가오면 두 부류가 생겨난다. 한 부류는 신앙하던 경전을 모두 싸안고 동굴에 숨어 비전을 만든다. 다른 한 부류는 목이 터지도록, 발이 부르트도록 다니며 종말을 알리고 죽음과 각성에 맞불을 놓는다.

게으름을 찬양하는 시기에 우리는 급성장했습니다. 덩굴손을 뻗는 것이 생존에 필요한 일이긴 해도 삶의 목적은 될 수 없지 않습니까? 우리는 우리의 특성이 독이 되어 눈이 멀어 가고 있습니다. 우리는 계속해서 무언가를 하지 않으면 안 되는 어리석음을 범하고 있습니다. 이제 우리의 덩굴손으로 이 세상을 변화시킬 수 있다는 각성을 하자는 것입니다. 우리의 손을 무언가 휘감기 위해서, 타고 오르기 위해서 뻗는 게 아니라 의지가지없는 허공을 향해 손을 내미는 길을 가고자 발심을 내자는 것입니다.

지금산 암자로 쫓겨온 덤불 무리를 자미화 부인은 갓난아기처럼 보듬어 안았다. 그러자 신비하게도 덤불 무리는 잠시 걸음을 멈추고 몰아쉬던 숨을 가다듬었다. 이 또한 그들의 선조들이 그러했던 것처럼 덩굴손의 살아남으려는 몸부림으로 몸의 변태가 일어나는 순간이었다. 그 뒤로 지금산 암자에는 홀로서기를 작심하며 스스로 덩굴손을 자르거나 스스로 하늘에 잎을 올리길 꿈꾸는 덩굴의 해탈을 꾀하는 무리들이 일가를 이루게 되었다.

벽려씨 일가의 숨은 비화는 계사년 백중날 암자에 새로 들어온 담장 밑 풍선초 동자가 부풀려 이야기한 것을 공양전 굴뚝 아래 유홍초 행자가 기록하여 세상에 퍼트렸다.

김 진 초

가을 수제비

땡감의 우울증

김진초

1997년 《한국소설》 신인상에 〈아스팔트 신기루〉가 당선되며 등단했다. 소설집 《프로스트의 목걸이》, 《노천국 씨가 순환선을 타는 까닭》, 《옆방이 조용하다》, 《당신의 무늬》, 《김치 읽는 시간》, 장편소설 《시선》, 《교외선》, 《여자 여름》을 냈다. 인천문학상(2006), 한국소설작가상(2016), 한국문협작가상(2016)을 수상했다.

가을 수제비

영감이 머루빛 눈망울의 강아지를 안고 왔을 때 나는 어이가 없어 픽픽 웃었다. 어느 날 불쑥 된장 바르자며 뒷마당에서 끄스르고도 남을 위인이었기 때문이다. 그래 그런지 녀석은 튀어나올 듯 동그란 눈망울을 뚜릿대며 영감 품안에서 발발 떨고 있었다.

"마침 오늘이 입추니까 이놈 이름을 '가을'이로 합시다, 마누라."

보신탕을 먹고 들어온 날도 영감은 태연하게 가을이를 물고 빨았다. 중국 황실 출신이라는 말이 믿기지 않을 만큼 멍청한 녀석은 그런 영감을 잘도 따랐다. 솔직히 나는 군일을 달고 들어온 강아지가 싫었다. 열 살이 넘도록 오줌을 못 가려 주인한테 버림받은 강아지였다. 녀석은 기분 내키면 배변판에 싸고, 아니면 아무데나 실례를 했다. 가끔 심술이 나면 소파나 침대에 올라가 아닌 척 벽을 쳐다보며 절절 싸기도 했다. 먹이고 씻기고 치우는 일이 고스란히 내 차지였다.

그래도 목욕시켜 털을 말리다 보면 손바닥으로 콱 눌러놓은 듯 납작한 코와 볼까지 흘러내린 기다란 속눈썹, 콤파스로 그린 듯 동그란 눈망울이 사랑스러워 나도 모르게 끌어당겨 뽀뽀를 하곤 했다. 하지만 딱 그때뿐, 목욕하고 한나절만 지나도 또 개 냄새가 진동해 가까이 다가오는 걸 꺼렸다. 영감은 코가 마비됐는지 집에만 들어오면 가을이를 끼고 살았다. 내가 눈살을 찌푸리면 혼잣말인 듯 중얼거렸다.

"이녁이 곁을 안 주니 개새끼하고 뒹구는 거지 내가 괜히 이러겠어?"

평생 영감과 전쟁을 치르며 살았다. 나이가 들어도 운우의 정을 포기 못 하는 영감이 싫어 살도 못 대게 손을 털었다. 그러던 영감이 갑자기 쓰러져 한 달 만에 세상을 떠났다. 눈을 감기 전 영감이 내 손을 붙들고 말했다.

"나 때문에 이녁 머리가 삽시간에 호호백발이 되었구려. 먼저 가서 정말 미안하오."

그건 영감이 미안할 일이 아니었다. 나는 본래 처녀 적부터 머리가 쇠어 '양귀비'를 달고 살았다. 그땐 흔히 쓰던 염색약이 양귀비였다. 맞선 보던 날은 양귀비처럼 어여쁘다는 소리에 혹 염색한 걸 들켰나 싶어 진땀을 흘리기도 했다.

평생 영감 몰래 염색을 하고 살았다. 자식은 아들들뿐이라 어미가 염색을 하는지 마는지 관심도 없었다. 영감은 끝내 내가 염색했었다는 사실을 모른 채 떠났다. 정작 미안한 건 나였는데 고백할 시간도 없이 훌쩍 떠나고 말았다.

영감이 떠나자 가을이가 자주 짖어댔다. 바깥에서 무슨 기척만 있으면 쏜살같이 현관 쪽으로 달려가 왈왈 짖다가 주저앉아 하염없이 기다렸다. 그러다가 앉은 채로 꾸벅꾸벅 졸기도 했다. 그 모양이 안쓰러워 나는 영감 대신 다정한 목소리로 불렀다.

"가을아 이리 와. 수제비 떠줄게."

냉큼 소파로 올라온 가을이 등짝에서 수제비를 뜬다. 강아지 등짝 살을 들어 올려 수제비 뜨듯 훑어 주면 피부 건강에 좋고 기분도 좋아진다며 영감이 어디서 배워 온 것이다. 영감 생전엔, 내가 영감 좋아하는 호박수제비를 뜨고 있으면 영감은 소파에서 주방을 바라보며 가을이 등짝에서 수제비를 뜨곤 했다. 영감이 없는 지금 주방에서 수제비 뜰 일은 없다. 내가 밀가루 음식을 즐기지 않기 때문이다.

가을이가 수제비 떠주는 손길에 몸을 맡기고 존다. 코가 짧아 태생적으로 코골이가 있는 녀석이 그렁그렁 코를 골며 존다. 머리는 나빠도 황실 출신은 맞는 것 같다, 주인한테 받는 서비스를 당연하다는 듯 즐기는 걸 보면. 언제 코를 골았냐는 듯 벌떡 일어난 가을이가 현관으로 내달으며 왈왈 짖는다. 또 무슨 기척을 느꼈나 보다.

"쉿! 시끄러 가을아! 조용히 해. 안 그러면 내다버린다."

말 못하는 짐승을 벙어리로 만들 수도 없고 난감한 일이다. 신문지 몽둥이로 바닥을 탁탁 치며 겁을 줘도 눈 하나 깜짝 않고 짖어댄다. 영감이 떠난 후부터 더욱 그악스러워졌다. 좋아하는 육포를 내밀어도 소용없다.

"정말 이웃들한테 미안해 못 살겠네. 가을이 이놈! 꼴도 보기 싫으니까 저리 가!"

손가락으로 녀석의 집을 가리키며 큰소리를 냈지만 여전히 짖어댔다.

"가을이 안 들려? 보기 싫다구! 꼴 보기 싫으니까 냉큼 저리 가라구!"

순간, 거짓말처럼 조용해졌다. 꼬리를 내린 채 슬금슬금 뒷걸음치더니 거실 귀퉁이 제 집으로 들어간다. 뭐지? 무엇 때문에 조용해진 거지? 녀석보다 내가 더 당황스러웠다.

가을이에게 처음으로 사용한 말을 떠올려 본다. 그건 바로 '꼴 보기 싫다'였다. 그 말을 저 바보가 어떻게 알아들었을까? 잔뜩 풀이 죽은 채 제 집 문턱에 턱을 괴고 앉아 있는 모습이 처량하다. 튀어나올 듯 커다란 눈망울은 여전히 현관문을 포기 못 한 채 젖어 있다. 저 녀석이 열 살이 넘도록 오줌을 못 가리는 멍청한 시추 맞아? 왠지 감쪽같이 속은 기분이다.

술이 얼큰하게 취한 날 영감은 짓궂게 나를 괴롭혔다. 보신탕을 즐겨서인지 좀처럼 시들지 않은 정력이었다. 그때마다 꼴 보기 싫으니까 저리 가라고 영감을 밀치곤 했다, 가을이는 따라다니며 왈왈 짖었고. 저놈이 영감 대신인가 싶자 헛웃음이 난다. 맥없이 눈물도 흐른다. 어느새 가을이가 곁에 다가와 살을 붙인다. 내가 워낙 쌀쌀맞게 굴어 감히 무릎에는 앉지 못한다.

“가을이 이리 와.”

녀석이 기다렸다는 듯 냉큼 무릎에 올라온다. 녀석의 등짝을 조물대며 수제비를 뜬다.

“가을이 이놈! 너 멍청한 거 맞아? 그거 다 거짓말이지? 여태 날 속여 먹은 거지?”

녀석이 눈을 꿈벅이며 졸음을 참는다.

“됐다. 그만 자라. 마음 놓고 코 자라.”

어쩌면 영감도 다 알고 있었는지 모른다. 급작스럽게 가는 게 미안해 ‘삽시간에 호호백발’ 운운하며 끝까지 속은 척 연기했는지도. 하지만 내가 속인 건 아니다. 묻지 않으니 입 다물고 살았을 뿐이다.

코 짧은 가을이가 코골이를 한다. 이제 몸을 뒤집어 녀석의 가슴팍에서 수제비를 뜬다. 녀석이 무방비 상태로 몸을 맡긴 건 처음이다. 등은 허용했지만 가슴 쪽에 손을 대면 기겁을 해서 달아나곤 했다. 잠결에도 겁을 먹었나? 말랑말랑한 가슴살에 긴장감이 느껴진다. 자극적이지 않게 계속 수제비를 뜬다. 그러다 살금살금 사타구니 쪽으로 손을 옮겨 수제비를 뜨자 다리를 쭉 뻗는다. 어쩌면 영감의 손길을 느꼈는지도 모르겠다. 아무래도 가을이가 잠에서 깰 때까지 계속 수제비를 떠야 할 것 같다.

땡감의 우울증

아침에 한 차례 쓸었는데도 또 떨어져 있었다. 감나무 열매가 줄잡아 하루에 삼사십 개씩 떨어졌다.

"어머 아까워라. 이 감나무 병들었냐?"

친구가 낙과를 주워 들며 물었다.

"병든 건 모르겠고, 얼마 전 가지를 좀 쳐줬는데 그 후부터 자꾸 떨어지네."

감나무 골목으로 이사했는데 우리 집만 감나무가 없었다. 해서 삼 년 전 작정하고 감나무 묘목을 대문가에 심었다. 첫 해는 비실비실 몸살을 앓았다. 이듬해 봄엔 무서운 속도로 자라 열매 열댓 개를 매달더니 작년엔 젖은 바가지에 깨 달라붙듯 악머구리처럼 매달린 열매에 가지가 찢어질 지경이었다. 대문 안에 들어서면 늘어진 가지가 통행을 방해해 늦은 밤 거나하게 취해 귀가하는 남편의 얼굴을 할퀴기도 했다.

늘어진 가지를 손으로 들고 피해 다니면 될 것을 남편은 봉변당할 때마다 끓는 물을 들이부어 죽여 버리겠다며 악담을 하곤 했다. 정작 감나무를 대문가에 심자고 우긴 건 본인이었으면서도.

"단감도 아니고 땡감 주제에 감히 주인장을 건드려?"

분명 단감 묘목을 샀는데 열매를 수확하니 땡감이었다. 묘목을 고른 장본인 역시 남편이었다.

"우리가 날탱이로 보이니까 속여 먹은 게 분명해!"

핏대를 세우는 남편을 보며 생각했다. 묘목 값을 깎지 않았다면 옳게 단감나무를 주었을까? 그 또한 알 수 없는 일이다. 인동초도 흰 꽃이 피고 하루가 지나야 붉은 꽃인지 노란 꽃인지 알 수 있듯 감나무 역시 열매를 따먹어 봐야 안다. 장터 뜨내기한테 샀으니 이 묘목을 판 이도 우리처럼 몰라서 그랬을지도 모를 일이다.

초여름이 되자, 감나무 키가 더 자라 가지가 위로 솟긴 했으나 열매가 익으면 다시 늘어질 게 뻔했다. 죄 없는 감나무에게 또다시 끓는 물을 붓네 어쩌네 막말이 나오지 않게 하려면 대문가의 가지를 쳐낼밖에 도리가 없었다.

"병명이 딱 나왔네. 이건 분명 우울증이야. 멀쩡히 잘 자라는 나무, 가지를 쳐냈으니 그 상실감이 얼마나 컸겠냐? 스트레스 때문에 우울증에 걸린 거야. 게다가 땡감이니 뭐니 족보까지 들먹였다며? 너라면 자손 퍼트릴 기분이 나겠냐?"

친구의 엉뚱한 말에, 자연유산이 습관성 유산으로 이어져 애먹었던 기억이 떠올랐다. 집안이 볼 거 없네 어쩌네 시어머니의 반대를 무릅쓴 결혼이었기에 마음고생도 많이 했다. 깨가 쏟아진다는 신혼을 날마다 흐린 우울증으로 보냈다. 친구 말마따나 우울증에 걸린 감나무가 다시 보였다.

새삼 미안한 마음에 감나무에 공을 들였다. 한약 달여 먹은 찌꺼기며 과일 껍질 등을 일삼아 묻어 주고 이파리 샤워까지 종종 시켜주었다. 그럼에도 참기름 바른 듯 반들거리는 이파리와 달리 낙과의 시위는 계속됐다.

미안하지만 이제 그만해라. 그렇게 화내 봤자 너만 손해야. 올해는 혹시라도 벌레 꾈까 봐 막걸리에 물 타서 소독까지 해줬는데 그만큼 했으면 못 이기는 척 넘어가 줘야 하는 거 아니니? 이러다 나까지 옮겠다. 내가 우울증 걸리면 너는 그야말로 국물도 없어, 알기나 해? 그러니까 적당히 하라고!

태풍 하나 지나가지 않는 기나긴 폭염에 시달리느라 올 여름은 말 그대로 '방콕' 생활로 견뎌냈다. 해 뜨기 전 마당에 나가 감나무랑 화초에 물을 주는 게 바깥출입의 전부이다시피 했다.

8월 하순에 접어들어서야 일본에서 발생한 태풍이 변칙 U턴을 하면서 한반도 상공에 붙박인 고온다습한 고기압을 밀어냈다. 한 달 넘게 35도를 넘나들던 기온이 하루아침에 10도나 뚝 떨어졌다. 그럼에도 창문을 열지 못하기는 매일반이었다. 에어컨 때문에 창문을 닫고 살았는데 곤두박질친 기온으로 아침저녁 찬바람이

들어오니 또 창문을 닫을 수밖에 없었다. 일기마저 중간이 없는 세상이었다.

해가 기울어진 오후, 이불 빨래를 걷으러 옥상에 올라가니 쪽빛 하늘이 바짝 다가왔다. 시선을 아래로 끌어내리자 옆집 감나무가 눈에 들어왔다. 어? 무슨 일이지? 눈을 의심하며 밖으로 뛰쳐나와 골목의 감나무들을 살펴보았다. 역시나 모든 감나무들이 시늉하듯 우듬지 끝에 겨우 몇 개의 열매만 매달고 있다.

"뭘 그렇게 쳐다보우?"

이웃 할머니가 걸음을 멈추고 물었다.

"올해는 감들이 죄다 떨어졌나 봐요. 우리 집만 그런 줄 알았는데 집집마다 다 떨어졌네요."

"몰랐수? 한 해 많이 달리면 이듬해는 쉬어 가는 거. 감뿐 아니라 대추도 그렇게 건너뛴다우."

이젠 하다못해 식물에게까지 우울증을 강요하는 시대인가? 어떤 증상도 우울증만 들이밀면 만사 오케이란 말이지? 기가 막혀 혼자 쿡쿡거렸다. 우울증이란 말에 홀딱 속아 넘어간 내가 더 한심했다. 할머니가 돌아보는데도 웃음이 멈춰지지 않아 재빨리 대문을 밀고 들어왔다.

금년 여름은 유난히 길고 끔찍한 찜통더위가 이어졌다. 미물들이 자연재해에는 더 민감하다더니 그걸 미리 알고 열매를 떨궜나 보다. 감나무 우듬지를 올려다보니 까치밥 몇 알은 기어코 붙들고 있었다. 쉬어 가는 해에도 작은 이타는 멈출 수 없는가 보다.

김 혁

몽골의 초대

울란바타르의 밤

김 혁

경희대학교 한의과대학 졸업. 1983년 한국일보 신춘문예에 소설 〈길고 긴 노래〉가 당선되며 등단했다. 장편 〈장미와 들쥐〉, 〈지독한 사랑〉을 비롯해 중·단편 수십여 편을 발표했다. 장편소설 《누가 울어》와 동인집 《그와 함께 산다는 것》, 《롤러코스터》 등을 냈다.

몽골의 초대

길이 없어서 발 딛는 곳이면 어디든 다 길이 된다는 몽골. 벌써 대여섯 시간째 가도 가도 대평원만 눈앞에 펼쳐지고 있다. K를 포함한 여섯 명의 관광객을 태운 러시아 구닥다리 승합차 '푸르공'은 연식이 꽤나 오래되어 굴러가는 게 신기할 정도지만, 단순 무식하게 생긴 그대로 비포장 길에서 엄청 잘 달렸다. 바퀴가 돌에 부딪칠 때마다 연신 엉덩이가 들썩이고 머리가 수시로 천장에 닿았다. 지리에 매우 익숙한 운전기사도 벌써 몇 번째 길을 잃고 이리저리 헤매고 있다. 네비를 연신 들여다보지만, 주위에 특별한 지형지물이라고는 전혀 없고, 눈에 보이는 풍경이라고는 푸른 초원뿐이니 별 소용이 없다.

K가 몽골 여행을 신청한 건 순전히 여행안내 책자에서 읽은 신화

때문이었다. 몽골 사람들은 푸른 늑대와 흰 사슴 사이에서 자신들의 조상이 태어났다고 믿는다는 얘기를 읽는 순간, K는 한때 세상에서 가장 가까운 연인이었다가 이제는 헤어져 남남이 된 그녀를 떠올렸다. 그리고 그녀와 함께 여행을 하고 싶다는 열망이 가슴속에서 거세게 끓어올랐다.

오랜만에 K의 전화를 받은 그녀는 한동안 말이 없었다. 그 침묵 속에는 약간의 반가움과 그리움, 커다란 아픔과 아련한 추억, 강한 반발심과 깊은 회의 같은, 빛바랜 애증의 그림자가 헝클어진 실타래처럼 복잡하게 드리워져 있었다.

"근데 왜 하필 몽골이야?"

그의 뜬금없는 제안에 그녀는 어리둥절해하면서도 궁금한 모양이었다.

"거기엔 애시당초 정해진 길 같은 것이 아무것도 없대."

"그래서?"

"우리 실패한 사랑도 거기서는 소중한 의미로 다가오지 않을까? 그저 광대한 벌판을 스쳐가는 바람과는 확연히 다른 그 무언가가 기다리고 있을 거야. 그럼 서로에게 남은 상처도 깨끗하게 지워질 것만 같고…."

"다시 시작하는 게 아니라, 깨끗하게 잊기 위해 떠나자고?"

"응."

그렇게 해서 K는 어렵사리 그녀와 함께 몽골로 여행을 떠나왔다.

대초원에서는 해가 훨씬 늦게 진다. 마침내 지평선을 장엄하게 물들인 황혼 속으로 한참을 더 달린 뒤에야 일행은 겨우 숙소에 닿았다. 어둠 속에서 허브 향기가 진하게 풍겨 왔다. 벌판은 온통 허브 천지였다. 어두운 초원 저 너머에서는 야생 늑대들이 눈을 빛내며 낯선 여행자들을 지켜보고 있을 것이다.

늦은 저녁을 대충 먹고 배정된 게르 안으로 들어서자, 역한 양털 냄새가 코를 찔렀다. 하지만 생각보다 아늑하고 편안했다. 단순하고 소박한 실내 가구를 둘러보자니 제법 유목민이라도 된 듯한 기분마저 들었다. 반쯤 열려 있는 천장으로는 밤하늘이 보였다. 전깃불 대신 밝힌 희미한 등 덕분에 K는 그녀와 둘이서 함께 캠핑을 다니던 생각이 났다.

"술꾼들 말에 의하면 몽골 보드카가 러시아 것보다 훨씬 더 맛있대. 밀과 물맛이 좋은 데다, 아랍에서 알코올 만드는 법을 처음 들여온 것이 몽골이라서 그런가 봐. 자, 한 잔 해!"

K가 너스레를 떨며 과장된 몸짓으로 병을 따고 보드카를 잔에 따랐다. '칭기즈'라는 상표답게 병 표면에 칭기스칸의 늠름한 초상화가 그려져 있었다.

"몽골에서의 멋진 여행을 위하여!"

"몽골에서의 멋진 재회를 위하여!"

두 사람은 재회의 어색함과 가슴속에 잔뜩 쌓인 앙금을 감추기 위해 거푸 잔을 높이 들었다. 무색무취의 순도 높은 몽골 보드카는 영험한 주술사처럼 영혼 속에 꽁꽁 숨어 있던 온갖 비밀과 음모와 아픔들을 몽땅 풀어놓았다. 이윽고 술에 잔뜩 취한 두 사람은 누가 먼저랄 것도 없이 지난 얘기를 시시콜콜 하면서 울고 웃고 난리굿을 벌였다.

밤이 깊어 가면서 모래바람이 점점 더 거세지기 시작했다. 이제 바람 소리는 세상을 온통 날려 버릴 듯 광포하게 울부짖었고, 미처 닫지 못한 천장 위에서는 천 조각이 미친 듯이 펄럭였다. 문득 여자가 벌떡 일어나 옷을 훌훌 벗더니 게르 밖으로 뛰쳐나갔다. 그러고는 거센 모래바람 속에서 알몸으로 악을 쓰며 고함을 질렀다.

"거짓말! 거짓말! 다 새빨간 거짓말이야!"

"늬가 나를 사랑했다는 말은 다 거짓말이야!"

"내가 너를 사랑했다는 말도 다 거짓말이야!"

울란바타르의 밤

여행의 마지막은 언제나 삶의 종착지처럼 슬프다. 긴 몽골 여행의 마지막 밤. K는 일행 몇몇과 함께 허전한 마음을 달래기 위해 호텔을 나섰다. 후텁지근했던 한낮과는 달리, 광막한 평원을 건너온 서늘한 바람이 가슴을 파고들었다. '홍그린 엘스'부터 K를 따라온 마음속의 긴 사구에서 우릉우릉 소리가 났다.

왠지 어설프고 볼품없는 울란바타르 시내도 밤이 되니 제법 정겨웠다. 마치 사막 위에 임시로 세운 가설무대 같았다. K와 일행은 호텔 주변을 조금 걷다가 조그만 카페를 발견하고 안으로 들어갔다. 짧은 치마와 야한 화장을 한 아가씨 두어 명이 입구에 서 있다가 야릇한 눈길을 보냈다. 어쩌면 저리도 서울 거리에서 마주치는 여자들과 똑같은지 신기하기만 했다. TV에서는 호들갑스러운 한국

연예 프로가 자막과 함께 흘러나오고 있었다.

일행은 맥주 몇 병과 스낵 한 봉지를 시키고는 지난 보름간의 여정 중에 있었던 이런저런 얘기를 나누었다. 여행이 힘들었던 만큼이나 진기한 경험과 잊지 못할 추억도 많았다. 특히 몇 날 며칠을 가도 가도 끝이 없는 막막한 대초원은 평생을 좁은 반도에 갇혀서 살아온 사람들에게 눈이 뒤집어질 듯한 충격이었다. 일제강점기 시절, 조국을 잃고 만주벌판을 떠돌며 "금강산 단풍놀이 대신 몽고 초원에 가서 대풍을 맞으라!"고 대차게 노래했던 단재 신채호 선생의 심정을 조금 알 것 같았다. 다들 몸은 낡은 승합차인 '푸르공'처럼 지쳤지만, 눈빛만은 몽골 초원에 사는 야생 늑대의 그것만큼이나 빛났다.

"사장님, 여기 몇 시에 문 닫아요?"

일행 중 한 명이 무심코 카운터를 향해 주인으로 보이는 중년의 사내에게 한국말로 물었다.

"새벽 한 시요. 하지만 더 있어도 괜찮아요."

사내가 슬쩍 웃으며 한국말로 대답했다.

"아니, 사장님이 한국말을 할 줄 아네!"

"보아하니 저 사장님도 한국에 일하러 갔다 왔나 봐."

"몽골에도 한국 바람이 거세게 불고 있다더니, 그게 사실인가 보네."

일행은 그제서야 여기가 몽골이라는 사실을 환기하며 놀라서 한마디씩 던졌다.

“네, 맞아요. …몇 년간 한국에 돈 벌려고 갔다가 왔지요.”

건장한 체격에다 아래턱에만 수염을 기른 중년의 사내가 씩 웃으며 대답했다.

“아하, 그러셨구나. 한국 어디 있었소?”

“일산에 있는 00라는 큰 전기회사에서 일했어요.”

“그래, 그 회사에서 일하면서 돈은 많이 벌었소?”

“많이 벌었지요. 그래서 그 돈으로 이 가게를 차렸지요.”

일행은 한동안 사내와 이런저런 얘기를 정겹게 나누었다.

“혹시 한국에서 부당한 대우를 받거나, 욕을 먹거나, 돈을 못 받거나 하지는 않았소?”

누군가가 다들 꺼리는 얘기를 참지 못하고 단도직입적으로 물었다.

“…그런 일은 없었어요. 형제의 나라에서 왔다고 다들 친절하게 잘 해줬어요, 헛헛!”

잠시 대답을 망설이던 중년의 몽골 사내는 허허롭게 웃었다. 하지만 두 눈동자에서 동료의 불행을 목격한 야생 늑대의 그것과도 같은 분노와 고통과 슬픔의 빛이 번쩍 스치고 지나가는 것을 K는 놓치지 않았다.

“그랬다면 참말로 다행이오. 그래, 언제 다시 한 번 갈 생각은 없소?”

“아니오. 나는 이제 다시는 한국에 가지 않을 ㅓ 작정이오.”

사내는 허공을 바라보며 길게 한숨을 내쉬었다. 그 속에는 솔롱

고스 - 무지개의 나라에 무지갯빛 꿈을 안고 갔다가 겪었을 숱한 절망과 고통과 슬픔이 잔뜩 배어 있는 것만 같았다. 문득 "한 번 좋다고 한 뒤에는 절대 다음을 말하지 않는다!"는 몽골 속담이 떠올랐다. TV에서는 여전히 한국 연예인들이 떼거리로 나와서 오두방정을 끝없이 떨고 있었다.

"그럼 잘 계시오. 부디 사업이 번창하길 빌겠소."

K와 일행은 한동안 어색한 침묵을 지키다가 사내에게 안녕을 고하고 카페를 나왔다.

"잘 가요, 솔롱고스!"

중년의 몽골 사내가 등 뒤에서 일행을 향해 소리쳤다. 세차게 부는 먼지바람과 함께 울란바타르의 고적한 밤이 깊어 가고 있었다.

남 명 희

철부선의 죄수들

그리마

남명희

2014년 <이혼을 찾아서>로 《문학나무》 신인상을 수상하며 등단했다. 소설집 《사랑의 묘약》, 《나를 안다고 하지 마세요》(이상 공저), 산문집 《흐르는 물 위에 글을 쓰는 사람》, 수필집 《글 쓰는 노년은 아름답다》(공저) 등을 냈다. 금융계에서 오랫동안 일했으며, 현재는 성북동 역사문화해설사, 천주교 서울대교구 노인사목부 미디어위원 등으로 활동하고 있다.

철부선의 죄수들

배가 요란하게 기우뚱했다. 어딘가에 심하게 부딪힌 것 같았다. 아이들이 우르르 선실 바닥을 굴렀다. 다도해의 비금도 앞바다를 지날 즈음이었다. 카페리 철부선에는 수학여행을 가는 D고교 학생들과 일반 승객들 외에도 수십 대의 승용차와 수백 톤의 화물이 실려 있었다. 균형을 잃은 배가 급작스럽게 한쪽으로 기울기 시작했다. 깜빡거리던 백열등마저 나가 버렸다.

"살려 주세요!"

겁에 질린 아이들은 서로 부둥켜안고 소리를 질렀다. 아이들이 탄 지하 선실은 마치 유럽 중세 시대 성곽의 지하 감옥처럼 느껴졌다. 선실에는 손바닥만 한 유리창이 대여섯 개 있었다. 하지만 창으로 스며드는 빛이 워낙 약하여 얼굴 형태만 겨우 알아볼 수 있을 정도였다. 그때 선실 한쪽의 창에서 소리가 들렸다.

"나는 그리스도다. 두려워하지 마라. 내가 너희와 함께 있겠다."

공포에 떨던 아이들은 모두 고개를 들어 소리 나는 쪽을 올려다보았다. 작은 창으로 새어드는 희미한 빛의 실루엣이 신비로웠다. 그러나 소리만 들릴 뿐 보이는 것은 아무것도 없었다. 그때 선실 안으로 서서히 물이 차오르기 시작했다. 아이들은 선실 밖으로 나가려고 출입문을 잡아당겼다. 하지만 문은 꿈쩍하지 않았다. 누군가가 밖에서 문을 잠가 놓은 것 같았다.

"문을 열어 주세요!"

아이들은 주먹으로 마구 문을 두드리며 소리쳤다. 겁을 먹은 아이들은 무릎까지 차오른 물속에서 발구름질하며 고함을 질렀다. 그 순간에도 휴대폰으로 문자를 치다 물이 찬 바닥으로 고꾸라지는 아이도 있었다.

"내가 너희를 구하러 왔다. 모두 나에게 오라."

다시 아까와 똑같은 목소리가 창밖에서 말했다. 이번에는 좀 더 크게 들렸다. 소리를 지르던 아이들은 말없이 소리 나는 쪽을 응시했다. 잠시 후, 한 아이가 천천히 소리가 난 창 쪽으로 걸어갔다. 다른 아이들도 하나 둘 그 아이를 따라 발을 옮겼다. 그러나 한 소녀가 선실 구석에 선 채 꼼짝하지 않았다. 아이들은 모두 그 소녀를 쳐다보았다. 그때 창밖에서 다시 목소리가 들려왔다.

"나는 그리스도다. 어서 나에게로 오라."

그러자 구석에서 꼼짝하지 않고 서 있던 소녀가 소리가 난 창 쪽을 향하여 큰 소리로 외쳤다.

"당신이 정말 그리스도라면 애초에 우리가 이 배를 타지 않게 했을 거예요. 나는 당신의 말을 믿지 않아요."

선실 안으로 더욱 거세게 물이 밀려 들어왔다. 아이들이 아우성을 지르며 서로 살려고 발버둥을 쳤다. 힘센 아이가 힘없는 아이들을 마구 짓밟고 올라섰다. 힘없는 아이들은 팔다리를 내저으며 저항했다. 하지만 아무런 소용이 없었다. 폭포처럼 쏟아져 들어온 물은 이미 천장까지 차오르고 있었다. 그때였다. 어느 시인의 시*를 읊는 한 소녀의 목소리가 들린 건.

쇠사슬에 묶이지 않은 영원한 정신!
자유, 너는 지하 감옥에서도 환히 밝도다.
그곳에서 네가 머물 곳은 뜨거운 열정
사랑만이 속박할 수 있는 열정이어라.

물이 가득 찬 선실에 더는 아무 소리도 들리지 않았다. 아이들의 아우성 소리도, 창밖에서 들리던 그 목소리도, 시를 읊던 소녀의 목소리도. 감옥 같은 선실에는 적막과 어둠뿐이었다. 괴물처럼 거대한 잠수부가 망치를 들고 가라앉은 배의 선실 안을 들여다보고 있었다.

* 영국의 낭만파 시인 바이런(George Gordon Byron, 1788~1824)의 시 〈시옹성의 죄수〉의 한 구절.

그리마

기다란 벌레 한 마리가 사르르 노트북 자판을 밟고 지나간다. 모니터 앞을 잽싸게 스쳐간 속도는 대략 초속 300센티미터는 될 것 같았다. 내 감이 맞는다면, 얼핏 보면 지네 같기도 한 녀석은, 회갈색 몸통에 검은 점무늬가 있는 걸로 보아 그리마가 틀림없었다. 녀석이 지나가는 걸 보기만 했는데도 온몸에 오싹 소름이 돋는다.

어릴 적 화장실에 갔을 때였다. 아랫도리를 홀랑 까고 일을 보는데 커다란 그리마가 수십 개의 다리를 하늘거리며 내 다리를 타고 허벅지까지 기어올랐다. 숨이 콱 막혔다. 어찌나 겁이 나고 놀랐는지 꼭 죽는 줄 알았다. 변기 위에 다리를 벌리고 쪼그려 앉은 채 한참 동안 꼼짝할 수 없었다. 나중에 안 사실이지만, 독한 독을 가진 녀석은 거미, 모기, 파리, 바퀴벌레 따위를 먹고 산다는 것이었다.

그 뒤로 하늘거리는 그리마의 다리를 떠올리기만 해도 오싹해지며 몸이 근질거렸다. 손에서 시작된 근질거림은 서서히 팔뚝을 타고 올라와 목덜미와 머릿속까지, 그리고 마침내 온몸이 근질거렸다. 근질근질한 부위를 긁적여 보아도 별 소용이 없었다. 물론 근질거리는 부위가 딱히 콕, 짚어지지도 않았지만 말이다. 그렇다고 가만히 있을 수도 없었다. 가만히 있으면 근질거림이 더 기승을 부렸다. 그럴 땐 벌떡 일어나서 근질거림이 사그라질 때까지 펄쩍펄쩍 뛰는 수밖에 별다른 방법이 없었다. 복수라도 하듯, 나는 녀석이 눈에 띄기만 하면 신문지나 파리채로 사정없이 때려잡거나 신발짝으로 짓뭉개 버렸다.

어느 날, 그리마를 구둣발로 짓눌러 죽이는 나를 본 할머니가 기겁을 하며 말렸다. 돈벌레를 죽이면 돈복이 나간다는 것이었다. 나는 그리마가 돈벌레라는 걸 그때 알았다.

그런데 하필 왜 지금 그리마, 그 녀석이 내 눈앞에 나타난 것일까.

얼추 10여 분 전일 것이다. 책상 위의 전화벨이 울린 것은.

"나 김 청장이여. 지난번에 산 K 주식 말이여, 그거 언제 팔면 좋갔소?"

그의 목소리에 잔뜩 긴장한 나는 깍듯이 예를 갖춰 전화를 받았다.

"아, 그 주식은 이미 그저께 다 팔았습니다."

"뭐, 뭐시라구? 내가 언제 팔라고 했어!"

그가 버럭 고함을 질렀다.

"처음부터 알아서 하라고 하시며 저한테 다 맡겨놓지 않았습니까. 요즘 같은 하락장에서 그대로 뒀으면 손해액이 훨씬 더 컸을 겁니다."

"뭐? 이 새끼, 지금 K주가 상한가를 친 걸 네 눈으로도 똑똑히 보고 있을 텐데 뭔 잔소리여. 너, 꼼짝 말고 거기 있어!"

그가 나더러 '새끼'니 뭐니 하며 막말을 하기는 처음이었다. 그러고는 감독기관에 고발하겠다며 으름장을 놓았다. 10여 년 동안 투자상담사 일을 하며 처음 당하는 일이었다. 젠장, 기가 찰 노릇이었다. 다른 주식을 사서 더블로 먹게 해줬을 때는 입 한 번 뻥끗하지 않던 그였다. 전화를 끊기가 무섭게 그가 쾅, 트레이딩 룸의 문을 거세게 밀치고 들어왔다. 그렇다면, 바로 문 앞에서 전화를 했단 말인가. 날 보더니 다짜고짜 멱살을 잡고 감독원으로 가자고 했다.

"잠깐만요. 따져 보면 아시겠지만, 그동안 저와 거래하며 번 돈이 원금의 세 배는 넘을 겁니다. 토탈로 계산하면 손해가 아니란 말씀입니다. 이거 너무 심하신 거 아닙니까."

하지만 내 항변에도 그는 눈 하나 깜짝이지 않았다. 결국 상한가를 치고 있는 K 주식을 그저께 파는 바람에 손해를 봤다고 우기는 액수만큼 물어 주기로 합의를 하고서야 겨우 물러났다. 자그마치 내 석 달치 월급이다.

"똑바로 해, 알갔어?"

그는 그래도 성에 차지 않는다는 표정으로 내 얼굴을 쏘아보며 말했다. 나도 그의 얼굴을 똑바로 쏘아보며 그와 처음 거래를 트던 날을 떠올렸다.

퇴근 무렵, 그는 시커먼 보자기에 현찰 3억을 싸들고 왔다. 모두 5만 원짜리를 보자기에 둘둘 말아서 말이다. 묻지도 않았는데 과거 고위직 공무원이었다고 했다. 무슨 '청장'이라고 했는데 기억이 나지 않는다. 아무튼 나는 지금까지 그의 전력을 조회해 본 적은 없다. 그는 사계절 내내 빛바랜 회색 바바리만 걸치고 나타났다. 그는 자신의 계좌에 주식 외에는 단돈 1원도 현찰로 남겨둔 적이 없었다. 주식 판 돈을 출금하러 오는 날이면 반드시 1원짜리 동전까지 현찰로 준비를 해두어야 했다. 결코 계좌이체 같은 건 하지 않았다. 내 방에서 일을 보다 점심때가 닥치면 짜장면 딱 한 그릇만 배달시켜 먹었다. 이익이 많이 났을 때도 단 한 번 밥을 산 적이 없었다.

내가 입을 굳게 다문 채 계속 쏘아보자 그가 슬며시 방을 나갔다. 주식 해서 돈 잃는 놈들은 정말 미련하단 말이야, 거참, 라고 중얼대며. 문을 나가는 그의 등을 지켜보던 나는, 비틀비틀 의자로 가서 털퍼덕 주저앉았다. 그리마가 컴퓨터 자판기 위를 쏜살같이 지나간 것은 바로 그때였다.

그런데 하필 왜 지금 그리마, 그 녀석이 내 눈앞에 나타난 것일까.

갑자기 손등이 가려워지기 시작한다. 좀 지나고 나니 옆구리와 목덜미가 가렵고 까칠까칠한 턱과 이마도 근질거린다. 팔, 가슴, 등 허리, 허벅지, 사타구니, 발바닥 따위 근질거리지 않는 데가 없다. 이번엔 간지러운 것 같기도 하다. 근질거려서 간지러운 것인지 간질거려서 근지러운 것인지 도대체 분간이 되지 않는다. 아무튼 도저히 더는 견딜 수가 없어 벌떡 의자에서 일어선다.

화급히 책상 서랍에서 에프킬라를 꺼내든 나는, 사라진 녀석의 뒤를 추적한다. 책상 아래쪽과 소파 밑을 샅샅이 뒤졌지만 녀석의 흔적은 발견되지 않는다. 방 안을 물샐틈없이 경계하며 살피는데, 벽을 타고 바람같이 도망치는 녀석이 포착된다. 녀석에게 에프킬라를 마구 뿌려댄다. 수십 개의 발로 벽을 움켜잡고 버티던 녀석이 바닥으로 맥없이 툭, 떨어진다. 손끝으로 녀석의 몸통을 살짝 건드려 본다. 우수수 다리 마디가 조각조각 몸통에서 떨어져 나간다. 비듬 조각 같은 미세한 파편들이 방 안을 떠돈다. 그 부유물들은 마치 김 청장, 그의 바스러진 영혼의 세포처럼 느껴져 나는 부르르 몸을 떤다. 온몸이 근질거려서 펄쩍펄쩍 뛰면서 떤다.

그리마는 돈복을 갖다 주는 돈벌레가 아니었다.

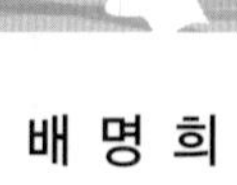

배 명 희

붉은 원숭이

배명희

2006년 중앙신인문학상으로 등단했으며, 창작집 《와인의 눈물》이 있다.
동인집으로 《선녀와 회사원》, 《그와 함께 산다는 것》, 《롤러코스터》 등이 있다.

붉은 원숭이

거울 속의 여자가 나를 본다. 부드러운 조명 탓인지 긴 목이 우아하다. 가슴 언저리에 장미가 마치 이브닝드레스의 가슴선처럼 펼쳐져 있다. 여자는 왼쪽으로 얼굴을 돌려 본다. 다소 지친 얼굴이다. 여자는 이제 늙었다. 예순이었다. 인생을 커다랗게 한 바퀴 원을 그린 나이다. 여자는 손바닥 가득 클렌징크림을 덜어 얼굴을 문지르며 생각한다. 태어난 곳으로 다시 왔단 말인가? 작년에는 푸른 양의 해였고 올해는 붉은 원숭이해다. 육십 년에 한 번씩 인간에게 상징을 부여하는 색깔 있는 동물. 신용카드 크기의 생일축하 카드가 반원형 바구니 속에 숨어 있다.

여자는 오월에 태어났다. 자신도 모르게 붉은 원숭이가 된 것처럼 장미는 여자가 좋아하는 꽃이 되어 버렸다. 생각해 보니 여자는 한 번도 장미가 좋다고 말한 적이 없었다. 가끔은 '프리지아나 수국 같은 꽃도 좋은데'라는 생각을 했다. 예순은 특별한 나이라 남편은 기념을 하고 싶어 했다. 푸른 양인 남편은 작년에 육십이었다. 남편은 여전히 회사에 나간다. 그래서 토요일, 일요일을 끼고 일주일 휴가를 냈다. 아들이 유학 중인 파리를 중심으로 유럽을 조금 돌아보았다. 올해는 가까운 일본에 다녀올 계획이다.

여자는 화장솜으로 얼굴을 닦았다. 자신의 생활에 특별한 불만은 없었다. 사람들은 여자를 부러워한다. 착한 아들과 딸, 좋은 남편과 평온한 생활. 과하거나 모자라지 않는 삶 속에서 갖게 되는 교양과 관용. 오월의 장미처럼 아름다운 인생이었다.

화장을 지운 여자가 거울 속에서 말끄러미 나를 본다. 지저분해진 한 뭉치의 화장솜이 장미꽃 옆에 수북하다. 장미에서 피 냄새가 나는 것 같았다. 여자는 전류에 감전이라도 된 듯 움찔 놀란다.

"오늘 치과 갔다 왔어?"

여자는 대답을 망설인다. 화장을 지운 얼굴에 붉게 홍조가 번진다. 남편은 재차 묻는다. 여자는 머리를 약간 기울였다. 남편은 침대에 누워 책을 읽고 있다. 여자는 오른쪽 뺨을 자세히 들여다본다. 화장으로 가렸던 미세한 주름이 잔물결처럼 퍼져 간다. 여자는 입을 벌린다. 입속 깊은 곳 어금니가 있던 자리가 비었다. 피가 엉긴 속살이 흉측하게 헤쳐져 있다. 여자는 오른손으로 아랫입술을 잡아당겼다. 입술이 얼얼해질 때까지 들여다본다.

"그 친구는 여전하지? 한참 못 만나서 어떻게 지내나 궁금했어."

우리 가족은 남편의 친구 치과에 몇십 년 단골이었다. 아이들도 나도 다른 치과는 가본 적이 없었다. 그런데 오늘 치과에 갔더니 학회에 참석하느라 일주일 간 휴업을 한다는 쪽지가 붙어 있었다. 집으로 오는 길에 다른 치과에 들렀다. 얼핏 눈에 들어오는 치과 간판을 보는 순간 이가 욱신거렸기 때문이었다. 밤중에 아프기라도 하면 큰일이다 싶어 간단한 처치라도 하자는 마음이었다. 단골 치과에 비하면 시설도 열악하고 의사는 신뢰가 가지 않았다.

젊은 의사는 입 부분만 뚫린 면포로 얼굴을 덮었다. 쇠붙이의 섬뜩한 차가움이 입술에 닿았다. 그러더니 이내 미지근한 체온이 입술에 느껴졌다. 그것이 의사의 손가락이라는 것을 깨달았다. 의사는 차가운 의료기구 대신 자신의 손가락으로 입술을 잡아 비틀고 당겼다. 이를 뽑기 전에 갈아내고 조각을 내야겠다고 했다. 여자는 깜짝 놀랐다. 의료기구 대신 손가락이라니. 이 무슨 야만적인 치료람. 마취는 했지만 이를 갈아내는 소리가 온몸의 세포를 곤두세웠다. 손톱으로 양철판을 긁어대는 기분이다. 이런 거친 치료는 처음이었다. 30분 만에 의사는 여자의 입에서 피비린내와 함께 상한 이를 뽑아냈다.

여자는 부은 볼을 감싸 쥐고 치과를 나왔다. 여자의 삶에는 예정에 없는 일은 없었다. 그래서 여자는 마취가 풀린 후에도 여전히 얼떨떨한 기분이었다.

남편이 다시 묻는다.

“요즘 병원이 잘 안 된다고 하던데 거기는 어때. 괜찮아 보였어?”

의사의 둔탁한 손가락이 여전히 입술에 닿아 있는 것 같았다. 마취는 오래전에 풀렸는데 환각인가? 입술에 손을 댄 채 여자는 눈을 감았다. 차가운 쇠붙이 대신 손가락이 입술에 닿았을 때 느낌을 떠올렸다. 위로와도 같은 편안함. 이를 갈아내는 공포와 긴장 속에서 손가락의 감촉 때문에 한편 여자는 안도감을 느꼈다. 이를 깎기 위해 입술을 잡고 거칠게 비트는 것이 위로처럼 느껴지다니. 혹시 나는 생을 한 바퀴 돌아오기까지 외로웠던 것일까? 여자는 고개를 저었다. 외로운 원을 그리며 살았다고 하면 아마도 사람들은 여자에게 돌을 던질지도 모른다. 그리고 거울 속 저 선량한 남자는 어떻게 하고. 거울 속 여자의 검고 커다란 눈 속에 알지 못할 슬픔이 물처럼 고인다.

나는 경쾌한 목소리로 대답했다.

"여전했어. 실력 있는 의사니까 환자가 많더라."

장미 한 송이를 뽑아 코끝에 갖다 댔다. 장미에서 피 냄새가 났다. 여자는 올해가 붉은 원숭이해라는 것을 다시 한 번 떠올렸다.

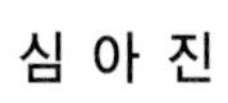

심아진

두 자매

모 의

심아진

1972년 경남 마산 출생. 1999년《21세기 문학》에 〈차 마시는 시간을 위하여〉로 등단했다.
소설집으로《숨을 쉬다》,《그만, 뛰어내리다》,《여우》가 있으며, 미니픽션 공저로
《그 길, 나를 곁눈질하다》와《내 이야기 어떻게 쓸까?》,《나를 안다고 하지 마세요》가 있다.

두 자매

곽 여사는 손목시계로 2시를 확인한 후 가방을 챙겼다. 두 살 터울의 언니가 그녀에게 당부했다.

"올리브 들어간 치아바타 사오는 거 잊지 마라."

"알았수. 꼭 사올게."

곽 여사는 신호등이 있는 사거리에 이르러, 악수를 나눈 후 각기 다른 방향으로 걸어가는 두 노인을 보았다. 보통 키에 체크무늬 헌팅캡을 쓴 노인은 오른편으로, 큰 키에 정장을 갖춰 입은 노인은 왼편으로 걸어갔다. 곽 여사는 이쪽과 저쪽을 번갈아 보며 신호등의 불이 바뀌기를 기다렸다.

곽 여사가 먼저 들른 곳은 은행이었다. 전기세며 수도세를 내고 약간의 돈을 인출하기 위해서였다. 자동화기계며 현금인출기 앞에 줄을 서 있는 사람들은 많지 않았다. 그녀는 재빨리 해야 할 일들을 처리했다.

은행을 나서면서 함께 수영 교습을 받은 적이 있는 여자를 만났다. 그녀가 미는 강아지용 유모차에 하얀색 푸들이 타고 있었다.

"강아지 어디가 아파요?"

"나이가 너무 들어서 앞도 잘 못 보고 걷지도 못해요."

"몇 살인데요?"

"올해로 17년 됐어요. 개들치곤 정말 오래 산 거죠."

"건강해 보이는데, 딱하군요."

곽 여사는 고불고불한 푸들의 머리를 쓰다듬어 주고서 걸음을 옮겼다.

17년이라…. 곽 여사는 자신과 언니가 함께 산 기간도 그와 비슷하리라 생각했다. 급작스레 남편을 여의고 친정어머니마저 떠나보낸 후, 자연스레 몸이 불편한 언니와 집을 합친 게 2000년도였다. 언니는 결혼을 한 적이 없었다. 온 세상이 새로운 시작, 새로운 천 년을 기대하며 들떠 있었지만, 그때 곽 여사는 걷잡을 수 없는 무력감에 젖어 있었다.

제법 선선한 바람이 불고 있었다. 곽 여사는 펄럭거리는 치마를 한 손으로 지그시 누르며 혼잣말을 했다. 여름이 가나 보다.

곽 여사는 세탁소와 빵집, 정육점을 지나 단골인 과일가게에 들어섰다. 딸기, 복숭아, 토마토, 참외, 햇배까지…. 여름 과일과 가을 과일이 모두 싱싱하게 빛나고 있었다. 곽 여사는 껍질이 얇은 노란 배를 가리켰다. 그녀가 뭐라 말을 꺼내기도 전에, 가게 주인이 싹싹하게 말했다. 곧 배달해 드리겠습니다!

곽 여사는 시장 한가운데서 음료 장사를 하는 젊은 여자로부터 냉커피 한 잔을 사서 마셨다. 그녀는 2천 원을 낸 후, 언제나처럼 거스름돈 100원은 받지 않았다. 곽 여사는 커피를 마시며 천천히 걸었다. 채소가게며 건어물 가게를 지나쳤다.

떡을 파는 수진네가 더위에 익은 얼굴로 곽 여사를 맞았다. 찰떡과 쑥개떡을 골라 셈을 치르는데, 갑자기 입구가 소란스러웠다. 퀵보드를 타고 지나가던 사내아이가 떡집 앞 배달용 자전거에 부딪힌 후, 제풀에 놀라 울음을 터트렸던 것이다. 수진네가 툴툴거리며 나가 자전거를 세우는 동안, 곽 여사는 다시 걸음을 옮겼다.

그녀가 가려는 곳은 시장의 반대편 입구에 있었다. 서점에 도착하자, 곽 여사는 서점 앞에서 구걸을 하는 남자에게 천 원짜리 한 장을 주었다. 남자는 더운 날씨임에도 불구하고 모포를 덮고 있었다. 서점으로 들어간 그녀는 이 선반, 저 선반을 뒤지며 세심하게 책을 골랐다. 그녀는 주인이 베스트셀러라고 권하는 소설을 사지 않았다.

곽 여사는 시장 통로를 다시 돌아 나왔다. 그녀는 아까 그냥 지나쳤던 정육점에 들러 호주산 쇠고기를 한 근 산 후, 빵집에 들렀다. 그린 올리브가 들어간 빵이 있었지만, 그녀는 양파가 들어간 식빵을 샀다.

은행을 지나 사거리에 도착했다. 이번에는 신호등에 초록불이 바로 들어왔다.

집에 도착하자, 거실의 시계가 5시를 가리키고 있었다.

"치아바타가 없더라고."

곽 여사가 말하자, 그녀의 언니가 실망스러운 표정을 지었다.

"조금 전에 과일가게 아저씨 배달 왔었다. 배를 샀더구나."

"오늘은 없는 게 많더라고. 아직도 날이 더워 그런지, 복숭아도 곯은 거밖에 없었어."

"많이 더웠어?"

"응. 에어컨이 시원해서 그런지, 은행에 사람들이 많았어. 번호표 뽑고 한참 기다렸네."

곽 여사는 가는 길에 사거리에서 만난 두 노인 이야기를 했다. 두 노인이 정말 오랜만에 우연히 만났다 헤어지는 모양이었어. 챙 모자를 쓴 양반이 길을 건너고서 손을 흔드는데, 지팡이를 짚은 양반은 그걸 못 보고…. 버스가 지나가서 두 사람 다 가려 버리고…. 두 노인네가 정말 헤어지기가 아쉬운지, 자꾸 돌아보며 손을 흔드는데, 번번이 눈을 못 맞추지 뭐야. 뭔지 모르게 애틋했어.

"책은 뭐야?"

"어, 서점 주인이 꼭 읽어 보라고 권하기에."

곽 여사의 언니가 '여우'라는 제목이 붙은 책을 아무렇게나 펼쳐들었다. 그녀는 '그는, 우리는, 어쩌면 죽을 때까지 여우를 먹이는 게 아니라 여우를 먹이다가 죽을지도 모른다'는 구절을 여러 번 읽었다. 곽 여사가 말했다.

"언니, 저녁에 불고기 해먹자. 한우라 맛있을 거야."

"좋지! 당면도 넣자, 얘."

양념을 만드는 동안, 곽 여사는 강아지를 산책시키던 여인에 대해 얘기했다. 전에 수영장에서 만났던 여잔데, 하얀 시추를 산책시키고 있더라고. 그 여자가 급히 공과금만 내고 온다고 해서, 내가 잠깐 고 녀석을 데리고 있었지 뭐야….

"다른 일은 없었어?"

"일이 있을 게 뭐 있나. 아, 맞다. 어떤 술 취한 남자가 떡집 앞에서 난동을 부렸어. 진열한 떡이 죄다 쏟아지고, 간판이며 배달 자전거도 넘어지고…. 난리도 아니었어. 그 남자 웃통을 훌렁 벗고 있었는데, 서점 앞에서 쪼그리고 앉아 구걸하던 그 사람인 거 같았어."

"술이 문제야, 술이 문제. 구걸한 돈으로 또 술을 사서 마신 거지."

내내 집에만 있었던 언니의 얼굴에 생기가 돌았다.

두 자매는 당면을 듬뿍 넣은 불고기를 식탁 가운데 놓고 앉았다. 잔 가득 담긴 소주가 그녀들의 건배를 재촉했다. 쨍!

"그 커피 파는 여자 말이야…."

곽 여사의 이야기가 다시 이어졌다. 그들의 평범한 하루가 끝나가고 있었다.

모의

신라 제25대 진지왕은 병신년(576)에 즉위했으나 정치 혼란과 황음荒淫 등의 이유로 재위 4년 만에 왕의 자리에서 쫓겨났다. 출가를 결행했을 만큼 불심이 깊었던 선대 법흥왕, 진흥왕의 뜻을 좇지 않은 반불교적 처신에 대해 화백회의가 내린 결정이었다. 《삼국사기》는 폐위된 그해, 즉 579년에 진지왕이 죽었다고 전한다.

하지만 그로부터 2년 후, 죽은 진지왕은 살아생전 그가 취하려 했으나 취하지 못했던 여인 도화랑에게 나타났다. "살아 있을 때 지아비가 있다는 이유로 나를 밀어냈으나 이제 네 남편이 죽었으니, 더는 거절할 수 없으리라." 진지왕의 표정이 사뭇 진지했으므로, 여인은 그를 받아들이지 않을 수 없었다. 7일간 집을 뒤덮었던 오색구름과 향기가 사라진 후, 그녀에게 아기가 생겼다. 태어난 아이는 가시처럼 뾰족한 코를 가졌다 하여 비형鼻荊이라 이름 지어졌다.

귀신과 인간의 자식인 비형랑은 신묘한 능력을 발휘하여 도깨비, 즉 두두리 무리들의 우두머리가 되었다. 한때 인간과 더불어 살았던 두두리들은 불국정토 신라의 엄숙함이 마음에 들지 않았다. 그들은 사람들이 건널 수 없는 강과 넘을 수 없는 숲으로 깊숙이 들어가 살고 있었다. 익살맞고 쾌활한 그들은 경건하고 무뚝뚝해진 인간들에게 진저리를 쳤다. 인간들 역시 두두리들의 방종과 무질서를 참을 수 없어 하기는 매한가지였다. 그들은 더 이상 함께 어울리지 않았다. 비형만이 두 세상을 자유롭게 오갔다.

진지왕의 뒤를 이은 이는 진지왕의 형이었으나 일찍 죽어 버린 동륜태자의 아들이었는데, 그가 곧 신라 제26대 진평왕이다. 어느 날 진평왕이 비형랑을 궁으로 불러들여 말했다.

"내 집사가 되어라."

사람들은 의아하게 생각했다. 불교를 더욱 확산시키면서 율령을 정비하고 왕권을 강화시켜 나가야 할 진평왕에게 삼촌 진지왕의 아들이라는 존재는 끌어안아야 할 대상이 아니라 제거해야 할 대상이었기 때문이다. 비형을 왕의 최측근 집사로 두는 것은 이해할 수 없는 행보였다.

"좋다. 내가 곁에 있겠다."

15세 소년 비형이 왕의 제안을 받아들였다. 이 역시 이상한 일이 아닐 수 없었다. 자유롭기로 따지자면 아버지 진지왕 못지않은 비형랑 역시 갑갑한 궁에서 왕의 신하 노릇이나 할 위인은 아니었기 때문이다. 이상한 관계였다.

왕이, 밤마다 궁의 담을 넘어 먼 곳으로 사라지는 비형에게 50명의 용사를 붙였다. 하지만 군사들이 아무리 잘 감시를 해도, 비형랑은 번번이 검푸른 먼 숲으로 달아나 버리곤 했다. 그를 간신히 따라잡은 몇몇 군사들이 황천 언덕에서 술을 마시고 춤을 추고 노래를 부르는 비형랑과 그의 무리들을 엿보았다. 두두리 무리들은 여러 절의 새벽 종소리를 듣고서야 아쉬운 듯 흩어졌다. 서라벌 장안에 두두리에 관한 소문이 파다했다. 사람들은 오래 잊고 지냈던 흉 많은 두두리들에 대해 궁금하게 생각했다.

어느 날 왕이 물었다.

"신원사 북쪽 도랑에 다리를 놓을 수 있겠느냐?"

왕은 비형랑으로 하여금 두두리 무리를 이끌어 다리를 놓을 것을 명하고 있었다. 비형랑이 고개를 끄덕이며 답했다.

"귀교鬼橋라 불릴 것이다."

두두리들이 뚝딱뚝딱 돌을 두드리는 소리와 에헤, 하며 신명나게 노래 부르는 소리가 서라벌 곳곳에 울려 퍼졌다. 다리는 하룻밤만에 완성되었다. 사람들은 두두리들의 솜씨와 재주에 탄복했다.

몇몇 인간들이 두두리에게 제사를 지내며 그들을 섬기기 시작했다. 두두리를 흉내내어 왁자지껄 떠들고 춤추고 노래를 부르는 이들이 늘어 갔다. 끊어졌던 인간의 세계와 두두리의 세계가 다시 이어졌다.

왕이 또 비형에게 요구했다.

"정사를 돌보아 줄 두두리가 필요하다."

비형은 길달이라는 자를 추천했다. 길달은 두두리들이 구상한 온갖 것들에 대해 얘기했다. 인간계와 신계를 잇는 신목 모양의 금관, 땅을 품는 물, 즉 세 개의 섬이 있는 거대한 연못, 흐르는 술잔을 따라 시를 읊는 연회, 해·달·별을 관측하고 길흉을 점치는 건물, 적을 물리치고 병을 낫게 하는 피리 등 끝이 없었다. 사람들은 길달과 다른 두두리 무리들에게 경외심을 품었다.

"그러나 아직 충분치 않다. 흥륜사 남쪽에 누문을 세우고 길달로 하여금 지키게 하라."

왕이 말하자 비형이 물었다.

"반드시 그리 해야 합니까?"

왕은 단호했다.

"반드시 그리 해야 한다."

사람들은 다리를 만들어 두 세계를 소통시켰던 왕이 갑자기 문을 만들어 단절을 도모하는 이유를 알지 못했다. 밤마다 문을 지키라는 명을 받은 길달은 강하게 반발했다. 그는 수시로 문을 버려 두고 숲으로 달아나 두두리 친구들과 어울려 놀았다.

"길달을 제거하라."

"길달을 죽이겠다."

어느 날 왕이 다시 명했고, 비형이 이에 응했다. 비형은 여우로 둔갑해 달아나는 길달을 잡아 죽였다. 사람들은 어이없어했다. 왕의 명령이라고는 하나 친구이자 부하인 길달을 죽인 비형랑의 처사를 납득하기 어려웠다. 사람들은 가끔 악한 귀신을 쫓기 위해 비형의 그림이나 시를 이용하긴 했어도 더 이상 그를 옹호하지 않았다. 그들은 왕과 비형에게 희생당한 길달과 두두리 무리들을 동정했다. 돌연 비형랑이 사라졌다.

그로부터 20여 년이 지난 어느 날, 진평왕은 자신이 이룩한 많은 것들을 돌아보았다. 그는 신라가 불국토임을 입증하기 위해 가족들의 이름을 모두 석가모니 집안으로부터 따왔다. 애초에 그의 이름 백정은 석가모니 아버지의 이름과 같은 것이었고, 아내의 이름 또한 마야 부인이었다. 진평왕은 철저하고 신중한 사람이었다. 즉위 원년에 이미 그는 천사로부터 옥대를 하사받았다는 신화를 유포시키고 제석궁의 섬돌을 밟아 부서뜨림으로써 왕으로서의 권위를 공고히 하기도 했다. 하지만 그가 이룬 최고의 업적은 뭐니뭐니 해도 비형과 두두리들에 관한 것이었다.

왕은 자신의 사촌이자 사위인 용춘에게 술 한 잔을 따라준 후 물었다.

"생각을 말해 보라. 내가 법흥왕을 능가했는가?"

내성사신으로서 왕에 버금가는 실권을 지닌 용춘이 자신의 사촌이자 장인인 왕에게 미소를 보내며 답했다.

"법흥왕과 이차돈이 뜻을 같이하였기에 이 땅에 불교가 들어올 수 있었습니다. 왕이 비형과 함께하셨기에 토속 신앙이 굳건히 뿌리내릴 수 있었습니다. 왕께서는 두 가지 모두를 얻으셨습니다."

"사람들과 두두리들의 관계는 어떠한가?"

"더욱 돈독해졌습니다. 밥을 할 때도 나무를 할 때도 심지어 용변을 보러 갈 때도, 사람들은 두두리를 떠올립니다. 이 땅에 석가의 율법이 스며든 것과 마찬가지로 두두리들 또한 사람들의 삶에 깊숙이 자리 잡았습니다. 언제든 사라질 수 있었던 작은 관심이 비형의 배신으로, 그의 희생으로 인해 크게 자랐습니다."

왕이 웃었다.

하지만 비형은 배신을 한 일이 없고, 아무도 희생되지 않았다.

"제가 살아 있으니 당연한 말씀입니다. 여우 한 마리가 죽었을 뿐이죠."

20여 년 전, 비형이라는 이름을 빌려주었던 진지왕의 아들 용춘이 왕에게 은근한 미소를 보냈다. 딸만 셋*인 왕이 용춘을 부러운 듯 바라보며 말했다.

"자네 아들 춘추의 인물됨이 예사롭지 않다더군."

"외손이긴 해도 춘추는 왕의 핏줄입니다. 물론 제 핏줄이기도 합니다만."

사이좋은 그들의 술잔에 초승달이 하나씩 떴다. 웃는 두 달이 두 두리들의 눈썹처럼 짓궂게 씰룩거렸다.

* 첫째 딸 덕만이 진평왕에 이어 왕위를 계승하는 선덕여왕, 둘째 딸이 천명 부인, 곧 용춘의 아내이다.《삼국유사》에 셋째 딸 선화 공주가 백제 무왕과 결혼했다는 이야기가 전해지지만 역사적 사실로 판단하기는 어렵다고 한다.

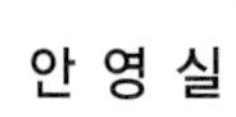

안 영 실

앵두의 계산법
유다의 편지

안영실

1996년《문화일보》에 중편소설 〈부엌으로 난 창〉으로 등단했다. 2013년 창작집 《큰 놈이 나타났다》를 냈으며, 2013년에 프랑스 éditions Philippe Rey에서 공저 《Nocturne d'un chauffeur de taxi》를 출간했다. 2015년 한뼘자전소설 〈나는 힘이 세다〉 이북을 출간했으며, 아르코창작기금을 받았다. 공저로 미니픽션 동인집 6권이 있다.

앵두의 계산법

벌써 세 시간째 우리는 추위 속에서 벌벌 떨고 있었다. 앵두는 계속 발을 동동 굴렀지만, 코가 떨어져 나갈 듯한 추위에 입술까지 파랗게 변했다. 입술이 유난히 빨개서 앵두라는 별명이 붙었는데, 이젠 파랗게 얼었으니 파랑이라고 불러야 할까? 그런 생각을 하자 슬며시 웃음이 피어났다. 그러나 뺨이며 입은 얼어서 웃어지지도 않았다. 왼쪽 콧구멍에서 또 콧물이 흘러내렸다. 앵두가 보지 않을 때에 나는 옷소매로 콧물을 슬쩍 닦았다. 벌써 여러 번 닦아서 왼쪽 옷소매는 콧물이 얼어 반질반질해졌다.

그날 아침에 나는 세수하러 마당에 나왔다가 앵두가 가방을 메고 학교에 가는 모습을 보았다. 앵두와 나는 13반이었다. 짝수 반은 오전 수업이지만 홀수 반은 오후 수업인 날이었다. 재가 왜 벌써 학교를 가지? 얼굴에 물을 묻히는 둥 마는 둥하고 아침 밥상도 마다한 채 나는 허둥지둥 집을 나섰다. 앵두에게 오후 수업이라고 알려주려는 참이었다.

코끝이 쨍하게 매운 겨울 아침, 며칠 전에 내린 폭설로 길은 꽝꽝 얼어 있었다. 채 치우지 못한 눈이 쌓여 있고 언덕 아래로 썰매를 타는 꼬맹이들도 보였다. 언덕이 미끄러워서 앵두는 내려가지도 못하고 벌벌 떨고 있었다. 내가 알은체를 하자 반가워하며 앵두는 내 손을 꽉 잡았다. 얼음장처럼 차가운 손이었다.

"어머나, 네 손은 군고구마처럼 따습구나!"

앵두가 눈을 마늘처럼 뜨면서 웃었다.

"머스마들은 손이 쩔쩔 끓는다고 하더니, 정말 그렇구나야. 오늘은 이 군고구마 장갑을 끼고 학교까지 가야겠다."

정말로 앵두의 작은 손은 내 손안에 쏙 들어와서 벙어리장갑을 낀 것 같았다. 나는 얼굴이 확확 달아오르는데, 앵두는 내 손을 잡고 냄새를 맡는 시늉이었다.

"이야아, 정말로 금방 구운 군고구마 냄새까지 나네!"

그 말을 듣는 순간 나는 뭔가 따뜻하고 근사한 것이 가슴에 번지는 기분이 들었다. 나는 오후반 수업이라고 말하는 것도 잊어버리고 앵두의 손을 잡고 언덕을 내려갔다. 미끄러운 언덕을 어떻게 내려갔는지 알 수가 없었다. 이상하게도 뺨은 달아올랐고 등과 발바닥이 은밀하게 간지러웠다.

나는 앵두의 손을 잡고 가는 것이 너무 즐거웠다. 만약에 세상

끝까지 가야 한다고 해도 앵두만큼은 꼭 보호해 주고 싶다는 생각까지 들었다. 나는 군기가 바짝 들린 신병처럼 얼어붙은 자세로 앵두의 손에 이끌려 학교로 향했다.

학교에 도착하여 오전반이 아니라는 것을 알았을 때 앵두는 잠깐 실망하여 내 손을 놓았다. 나는 오후 수업이라는 사실을 미리 알리지 못한 것을 후회하며 두 손을 호주머니에 꾹 찔러 넣었다. 잠깐 궁리하던 앵두는 결심한 듯 말했다.

"저 미끄러운 길을 어떻게 또 올라갔다 내려온다지! 난 그렇게 할 수 없어."

"그럼 어쩔 건데?"

미적지근한 표정을 지으며 내가 물었다.

"이렇게 하면 되지. 우선 우리는 학교에 왔어. 그 사실이 정말 중요한 거야. 무엇보다 중요한 사실은 우리가 오늘 공부하러 학교에 왔다는 거야. 그러니까 우리는 지금 공부를 하고 있는 거나 다름이 없어. 공부하려고 학교에 왔으니까 공부를 하는 거야."

단호한 말투였지만 나는 무슨 뜻인지 이해할 수가 없었다.

"오전반 아이들이 공부를 하고 있는데 어떻게? 지금은 선생님도 없잖아."

"우리 아버지는 누구나 자신 안에 선생이 있다고 하셨어. 지금 그 선생을 꺼내 쓰면 돼. 너는 학교에 뭘 하러 오니?"

"그야 공부를 하러 오지."

"그러니까 우리는 그냥 학교에 있기만 하면 돼. 왜냐하면 학교는 공부를 하는 곳이니까."

"그렇긴… 한데, 이렇게 추운데 어디에 있으려고?"

나는 떨떠름한 표정을 지으며 의심스럽게 물었다.

"그래. 저렇게 교실에 앉아 있는 아이들보다 훨씬 더, 몇 배나 추운 곳에 있으니까 우리는 더 열심히 공부하는 거나 다름없어. 쟤들이 끝날 때까지만 버티면 돼. 저 언덕길을 다시 올라갔다가 내려오는 것보다는 훨씬 낫잖아."

앵두는 모자를 꾹 눌러쓰고 코트 자락을 꼭꼭 여몄다. 정말로 이 추위에 밖에서 버틸 속셈인 것 같았다. 나는 언덕을 오르내리는 일쯤이야 아무것도 아니었다. 그런데 앵두에게는 그렇지 않은 모양이었다. 앵두를 놔두고 혼자라도 집으로 돌아가고 싶은 마음이 굴뚝같았지만 그럴 수가 없었다. 앵두가 점점 더 몸을 움츠렸고 발을 동동 굴렀으며, 입술은 점점 더 파래졌기 때문이었다. 몸이 약해서 밖에 나오지도 않고 집에만 틀어박혀 있던 앵두가 어떻게 될까 봐 나는 걱정이었다. 맑은 날이었지만 여전히 바람과 추위는 혹독했다. 발을 동동 구르고 손으로 두 귀를 문질러도 추위가 가시지 않았다.

'아, 괜히 따라왔어!'

내 한숨 소리는 순간 고드름이 되어 공중에서 와사삭 부서졌다. 앵두가 나를 쳐다보고 씽긋 웃었기 때문이었다. 앵두의 언 뺨이 움직이는 둥 마는 둥하며 웃음을 띠자 내 추위는 먼 곳으로 달아나 버렸다.

"한수야! 나 또 군고구마 장갑이 필요해."

앵두의 동글동글하고 까만 눈이 추위에 얼어서 촉촉이 젖어 보였다.

"그래, 빌려줄게."

나는 주머니에서 손을 꺼내어 선선히 앵두에게 내주었다.

"아니, 네 주머니가 더 좋겠어."

앵두의 차갑고 작으며 말랑말랑한 손이 내 주머니로 쓰윽 들어왔다. 얼굴이 또 달아올랐고 등과 발바닥에 열이 나기 시작했다.

그날 앵두와 내 손은 주머니 속에서 재미있는 수업을 많이 했다. 손가락끼리 하나 둘 셈 놀이도 하고 묵찌빠 한글 놀이도 했다. 그러는 동안 오전반 수업은 끝났고 매몰찬 추위도 제법 참을 수 있었다. 집으로 돌아오자 어머니께서 물으셨다.

"이눔아, 아침도 안 먹고 나가서 뭐 한 기고, 잉?"

"아, 학교에서 공부하고 왔다고요."

"니 오후반이라 안 했나?"

"학교에 가서 공부했어요. 앵두한테 물어 보든가!"

"그랬나? 잘했다."

앵두와 나는 다음 날부터 둘 다 고열 감기에 걸려 3일이나 결석했다. 학기가 끝나고 성적표가 나왔을 때 어머니는 고개를 갸우뚱하며 말했다.

"차암 이상하기도 하지. 3일 결석했는데 왜 4일 결석했다 돼 있는지 모르겠네. 앵두네 엄마도 그런 말을 하더니, 늬도 그렇구나. 선생님께서 실수하셨을까?"

다행히 엄마의 궁금증은 다섯 남매의 북새통 속에서 금방 끝이 났다. 오십 년이 다 된 일이지만 나는 가끔 그날 일을 떠올리며 남몰래 피식 웃는다. 그리고 지금도 나는 가끔 궁금해진다. 그날 우리는 자신 안에 있는 선생을 찾았던 것인가를.

유다의 편지

유다의 편지가 조작 논란에 휩싸였다는 소식입니다. 지난해 유월 이스라엘의 네게브 사막에서 고고학자 나릅에 의해 발견된 유다의 편지는, 양피지에 적혀 대나무 통 속에 담겨 있었습니다. 유다의 편지는 1976년 이집트의 골동품점에서 콥트어로 적힌 파피루스로 발견된 유다복음보다 100년 이상 앞선 유물이라 학계의 관심이 집중되었습니다. 그러나 지난 10일 복음수호강심회의 회원이라는 헤메로라는 자에 의해 유다의 편지가 고고학자 나릅이 세계와 성서를 향해 벌인 희대의 사기극이라는 제보가 접수되었습니다.

이에 로마 교황청과 장로교, 감리교, 침례교, 순복음교회, 성공회 등에서 파견된 조사단이 나릅의 연구실을 급습한 것은 현지 시간으로 어제 오후였습니다.

그러나 고고학자 나릅은 누군가에 의해 이미 살해당했으며, 유다의 편지라고 짐작되는 양피지는 불에 거의 탄 채로 탁자 위에 놓여 있었다고 합니다. 이상한 점은 나릅의 시신이 탁자 위의 잿더미에 경배를 드리는 모습처럼 고개를 숙이고 있었다는 것입니다. 현지 경찰은 불에 탄 재와 나릅의 시신을 과학수사부에 보내 정밀 감식을 의뢰하였지만, 결과를 알기에는 수 개월이 걸린다는 점을 감안하면, 한동안 유다와 유다의 편지에 대한 주장과 논박이 무성할 것으로 예상됩니다.

현재 스튜디오에는 성탄절을 맞이하여 공연하는 뮤지컬 〈유다〉에서 유다 역을 맡은 손심심 씨와 전도교회의 성충만 목사님께서 나와 계십니다.

"손심심 씨, 뮤지컬에서 유다 역할을 맡고 계시다고요?" "네, 영광스럽게도 제가 유다 성인의 역할을 맡았습니다." "유다를 성인이라고 표현하고 계시는군요?" "이번 역할을 맡고서 저는 유다에 관한 자료를 꼼꼼히 읽었습니다. 그런데 아무리 훑어봐도 유다가 배신자라는 생각이 들지 않았습니다. 오히려 유다는 성인에 가깝습니다. 사실 성서 어디에도 유다의 간악함을 말하고 있지 않습니다. 유다가 없었다면 십자가도 당연히 없었을 것이고, 구원도 실현될 수 없었을 것입니다." "그런 생각이시군요. 성 목사님은 이 의견에 대해 어떻게 생각하십니까?" "말할 가치도 없는 의견입니다. 요한복음이라도 제대로 읽어 보라고 하십시오. 예수께서는 제자 중 하나는 자신을 믿지 않는 마귀라고 했고, 돈을 착복한다는 사실을 알고 계셨으며, 제자들의 발을 씻기실 때는 다 깨끗하지는 않다고 하셨습니다. 너희 중 하나가 나를 팔 것이라고 공개적으로 경고하셨는데, 손심심 씨는 도대체 요한복음을 읽어 보기나 했습니까?" "목사님, 좀 고정하시고요." "유다복음서라는 것도 부활을 믿지 않는 영지주의자들이 성서를 짜깁기하여 멋대로 쓴 것이고 유다의 편지는 터무니없는 날조입니다." "현재 신학자들 사이에서는 유다가 예수의 죽음과 부활에 거짓으로 배신자라는 역할을 담당했던 최초의 순교자라는 주장과 스승을 배신한 사기꾼에 비겁한 살인자라는 주장이 맞서는 상황이라고 알고 있습니다. 손심심 씨는 극중에서 유다의 성격을 어떻게 드러내고 계시나요?" "보르헤스도 픽션들에서 유다를 악역을 맡은 자의 슬픔으로 그리고 있지 않습니까? 저 또한 그런 입장입니다. 저는 당시에 예수의 죽음과 부활이라는 무대에서 각자 자기 방식대로 배우의 역할을 다 했으리라 믿습니다. 유다도 자신의 비극적 역할을 끝까지 해냈던 것입니다. 예수께서도 베드로에게는 '사탄아 물러가라!' 하고 말했지만, 유다에게는 '친구여!'라고 부르시지 않았습니까? 저는 운명에 짓눌린 유다의 비명을 연기할 따름입니다. 유다의 편지에서도 이런 글이 적혀 있지 않았습니까? 예수를 드러내는 일이라 믿었기에 예수를 배신했으며, 자신은 어처구니없고 헛된 죽음이라 믿었지만 예수를 죽음으로 몰고 가는 일을 맡았다고 말입니다. 사람들은 선함을 믿기에 악을 행하기도 합니다. 오이디푸스처럼 말이지요. 유다의 이름은 '찬양'이라는 뜻의 영예로운 이름이었습니다. 독일어로는 감사를 뜻하기도 한다지요. 유다는 배반의 신비를 이룬 성인이며, 따라서 영광스러운 이름을 되찾아야 합니다." "여보세요, 손 선생! 유다는 열심당원의 일파로 예수가 이스라엘을 로마로부터 구원하리라 믿고 제자가 되었습니다. 그러나 예수께서는 인간의 구원이라는 막연하고 추상적인 짐 덩어리를 안고 십자가에 달리겠다고 하니 배신감이 들어서 배반한 것입니다. 재정 담당이라 돈주머니를 갖고 다니던 유다가 멋대로 돈을 탕진한 일은 성서에도 나오는 일입니다. 무엇보다도 그는 스승을 배신하고 죽였으며 자신마저 죽인 살인자입니다." "제가 목사님보다 성서를 잘 알지는 못하지만, 예수가 유다를 저주하지 않은 이유는 그의 불행한 운명을 미리 알기 때문이 아니었을까요? 유다의 편지 내용이 그것을 증명합니다. 예수를 불한당들에게 넘길 때 유다는 예수께 입을 맞추며 귓속말을 하였다고 했지요. 선생님, 저는 진실로 선생님의 뜻에 공감하며 신뢰합니다. 저는 선생님의 뜻을 이루시기 위한 도구로 충분합니다. 자, 선생님 저의 사랑과 거짓 배신을 담은 입맞춤을 받으소서!" "극중 인물을 연기하다 보면 인물과 동화되어 자신과 인물과의 경계선이 모호해진다고 하더니, 역시 그런 것 같습니다. 지금 말씀하시는 목소리며 눈빛이 마치 유다와 같이 느껴지는군요." "감사합니다." "이것 보세요! 유다의 편지는 모두 날조이고 사기라는 게 밝혀졌잖아요!" "목사님, 유다는 자기가 맡은 악인을 진심으로 열연한 악역이었습니다. 저도 가끔 악역을 맡을 때면 대중들의 미움을 받은 적이 한두 번이 아니었습니다. 유다는 세기의 악역을 맡았습니다. 그러니….” “손 선생! 유다는 악역이 아니라 악인이에요. 맘몬에게 지배당한 탐욕의 마귀라고요.” “생방송 중이니 목사님께서는 자제하시기 바랍니다. 다음에 기회가 되면 따로 모시고 깊은 얘기를 나누어야겠습니다. 두 분, 오늘 출연해 주셔서 감사드립니다.” “감사합니다.” “꼭 부르셔야 합니다. 제가 할말이 얼마나 많은데요.”

다음은 파리나무십자가 합창단원들의 내한 소식을 전해 드리겠습니다.

양 동 혁

마법의 동전

어느 과학자의 죽음

양동혁

2014년 제6회 구상문학상 젊은작가상을 수상했다.

마법의 동전

왜 술을 마시지 않느냐고? 특별히 너한테만 알려주지. 잘 봐. 이 잔을 비우는 건 앞, 마시지 않는 건 뒤… 뒤가 나왔네. 아, 물론 반대로 해도 괜찮아. 마시는 건 뒤, 마시지 않는 건 앞… 앞이야. 볼 것도 없지.

어렸을 때는 나도 문제가 많았어. 공부보다는 친구들과 어울리는 게 더 좋았거든. 학교에 빠지기 일쑤였고 반에서 꼴찌를 한 적도 있어. 그러던 어느 날, 부모님이 무서운 표정을 지으면서 말했어. 무슨 일을 선택하기 전에 꼭 이 동전을 튕겨 보라고. 항상 옳은 선택을 내려줄 거라고. 그래서 난 학교에 가기 싫을 때, 숙제가 하기 싫을 때, 친구들과 놀고 싶을 때마다 동전을 튕겼어. 그리고 꼭 동전이 시키는 대로 했지. 그렇게 하지 않으면 무서운 일이 벌어질 거 같았거든. 학교에 빠지기는커녕 숙제도 꼬박꼬박 하게 됐어. 친구들과 노는 대신 집에서 공부해야 했지. 덕분에 좋은 성적표를 받았어. 동전의 선택이 옳았던 거야. 공부와는 담을 쌓았던 그 꼴찌가 1등이 됐으니까. 부모님이 기뻐하고 주변 사람들이 부러워했어. 축하해 주는 친구가 없는 게 아쉽기는 했지만 어쩔 수 없었지. 동전은 항상 친구보다는 공부를 선택했으니까.

그리고 시간이 지나 일자리를 구했어. 모두가 부러워하는 대기업. 지금은 그나마 좀 낫지만 우리 때는 불황이니 뭐니 장난이 아니었어. 청년 실업률이 가장 높을 때였으니까. 대기업이라 연봉도 다른 회사보다 훨씬 높아. 부모님은 아직도 사람들을 만날 때마다 내 자랑을 한다니까. 뭐, 그건 잠깐 젖혀두고. 너도 취업하면 알겠지만 회사에 가면 양복을 입고 넥타이를 맨 사람들이 빼곡히 앉아 있어. 놀라운 건 그들 모두 자신만의 동전을 가지고 있다는 거야. 업무 시간에도 팅, 팅, 동전 튕기는 소리가 그치지 않아. 하지만 다른 동전은 이 동전만큼 옳은 것만 가리키는 것 같지는 않아. 드물게 회식 자리에서 일을 그만두고 싶다고 말하는 사람이 있거든.

하지만 너처럼 꿈을 좇겠다는 사람은 없어. 그리고 그걸 이유로 일을 그만두는 사람은 더더욱 없고. 부모님 생각도 해야지. 안 그래? 누구나 흔들릴 때가 있어. 인생이란 게 완벽할 수는 없잖아. 하지만 허튼 생각 하지 말고 잘 넘겨야 해.

나도 사실, 이렇게 사는 게 꿈은 아니었어. 죽으라고 일하지만 적성에도 맞지 않고 재미도 없어. 매일 아침 동전을 튕겨. 일하러 갈까, 말까. 계속 일할까, 그만둘까. 하지만 동전은 일을 하러 가라는 선택을 가리키지. 몇 번을 튕겨도 마찬가지야. 늦은 시간 일을 마치고 집에 오면 온몸에서 힘이 빠져 아무것도 할 수 없어. 어떨 때는 죽을까 살까, 동전을 튕겨 보지. 고민할 필요는 없어. 동전이 가리키는 건 항상 옳으니까.

그럼 여기, 동전 한번 튕겨 볼래?

어느 과학자의 죽음

어느 화창한 날이었다. 마을 중앙에 있는 광장은 양복 입은 신사와 개를 산책시키는 부인들, 그리고 놀러 나온 아이들로 북적였다. 흰색 가운을 입은 남자가 광장으로 뛰어오더니 큰 소리로 외쳤다.

"여러분, 제가 드디어 타임머신을 만들었습니다."

양복을 입은 남자는 들은 체도 하지 않았다. 개를 산책시키던 아줌마도 힐끔 쳐다볼 뿐이었다.

"여보시오, 내가 진짜 타임머신을 만들었단 말이오."

"그게 나랑 무슨 상관이오?"

양복 입은 남자가 말했다. 그리고 자리에서 일어나 광장에서 나가 버렸다. 산책 나온 아줌마들은 과학자를 보며 수군거렸다.

"어머, 정신 나간 사람인가 봐요. 타임머신을 만들었대요."

"그러게요. 저런 사람들 때문에 동네 집값 떨어질까 걱정이네요."

"아닙니다. 저 정신 나간 사람 아닙니다. 진짜 타임머신을 만들었어요."

"어머, 우리 얘기 들었나 봐요. 빨리 갑시다."

어른들이 모두 자리를 떠나자 호기심을 가진 아이들이 과학자 주위로 모여들었다.

"아저씨, 과학자예요? 진짜 타임머신 만들었어요?"

"그럼, 난 진짜 과학자란다. 오랜 연구 끝에 드디어 타임머신을 만들었단다."

"다음 주에 보는 시험 문제도 알 수 있어요? 좀 알려주세요."

"그럴 수는 없어. 타임머신은 과거로만 갈 수 있단다. 미래로는 아직 갈 수 없어."

"그러면 한 달 전으로 돌아가 빵점 맞은 시험을 다시 볼 수 있게 해줄 수 있어요?"

"아니, 그것도 안 돼. 과거로 돌아갈 수는 있지만 현재의 기억을 가지고 돌아갈 수가 없단다. 시험은 또 망치게 될 거야."

"에이, 뭐야. 그런 게 무슨 타임머신이야. 순 거짓말쟁이 아냐."

"아냐. 이건 진짜 타임머신이야."

과학자는 주머니에서 조그만 기계를 꺼내 아이들에게 보여주었지만 아이들은 하나둘 자리에서 일어났다.

"그거 진짜 타임머신이에요? 그럼 어디 작동시켜 봐요."

"작동시키는 건 너무 위험해서 안 돼."

마지막 남은 아이가 자리에서 일어나자 과학자는 그제야 타임머신을 작동시켰다.

"그럼 어디 한 번 보거라. 조금 전으로 다시 돌아가 보마."

이상한 소리가 들리더니 조그만 기계를 든 남자가 온데간데없이 사라졌다. 그리고 그 광경을 지켜본 아이는 혼자 환호하며 손뼉을 쳤다.

어느 화창한 날이었다. 마을 중앙에 있는 광장은 양복 입은 신사와 개를 산책시키는 부인들, 그리고 놀러 나온 아이들로 북적였다. 흰색 가운을 입은 남자가 광장으로 뛰어오더니 큰 소리로 외쳤다.

"여러분, 제가 드디어 타임머신을 만들었습니다."

윤 신 숙

미친 물고기

윤신숙

《한국산문》에 수필 〈클래식 기타와의 여행〉으로 등단했다.
한국산문 이사, 양천문협 이사, 한국미니픽션작가회 회원이다.

미친 물고기
- 악의 축은 찾아지지 않는다

카톡~ 까똑~~ 까카똑~ 카똑~

사람들이 저마다 휴대폰을 본다. 참말 뉴스에 뜬 영상에는 녹슨 칼을 휘두르는 물고기가 나타났다. '빼끔빼끔~ 쉬익 씨익' 도심 한복판 콘크리트 바닥에서 헐떡이며 무슨 말인가를 사람들에게 전하려 했다. 사람들은 "저 물고기 같은 괴물, 뭐야? 왜 저래? 미쳤나?" 희한하다고 하면서도 무시했다. 그 나라에는 괴물이 나타난 것보다 더 큰일이 벌어져 거리마다 촛불 시위가 열려 사람들은 물고기의 몸짓에는 시큰둥했다. 물고기는 답답하다는 듯 더 미친 듯이 뭔가를 말하려 했지만 말할 수가 없는 모양이었다. 그때, 기적처럼 통역해 줄 혼령이 나타났다. 그는 세월호 때 슬픔에 이입되어 그들과 함께 떠난 소설가 K라고 했다.

혼령은 숨을 고르며 물고기의 말을 옮기기 시작했다.

"나, 예민한 물고기야. 자살하려 지상에 튀어 올랐지. 물이 없어 곧 죽을 것 같아 대지의 신께 사람들과 30분만 얘기하게 해달라고 기도했지. 30분 유지하기 위해 깡소주 두 병 마셔 댔고. 2014년 봄, 평화롭게 유영하던 내게 이상한 음식이 다가왔어. 특이한 음식이라 맛있게 먹었는데 며칠 후, 온몸에서 이상한 소리가 들리는 거야. 그 환청에 나는 점점 미쳐 갔지. 그때 마침 물새가 전해 준 지상의 소설가 P가 쓴 글을 보게 되었어."

'괜찮아. 우린 언제나 기울어진 세상에서 살아왔잖아. 지금은 평소보다 조금 더 기울어진 것뿐이야. 저것 봐, 가만히 있으라잖아.' 그러나 지구의 기울기는 지구가 돌 때에만 유효하다. 단 한순간이라도 지구가 멈춘다면, 우린 모두 죽는다. 친구도 그 사실을 알고 있었을 것이다. 그럼에도 불구하고 아무것도 할 수 없어서 그저 가만히 있으라는 선내 방송에 동조했을 것이다. 그러므로 내 귓가에 속삭인 친구의 말은 자신을 위로하는 말이기도 했을 것이다. 그러나 그것은 거짓말이 아니었다. 그것은 우리의 믿음이었고, 그 순간 우리가 할 수 있는 최고의 기도였다.

가만히 있으라! 기도는 나를 배반했고, 지구는 멈추었다. 그리고 중력이 사라지는 것에 필사적으로 저항하던 나의 본능이 완전히 무력해졌을 때, 아늑함은 찾아왔다.

나비들이 내 손바닥에서 벗어나 날기 시작했다. 나는 내게서 조금씩 멀어지는 나비들을 향해 손을 흔들었다. 내가 손을 흔들 때마다 물살이 일렁였다.*

"나 예민한 물고기는 알아차렸지. 거짓 부를 축적하고 거짓말하는 사람들에 의해 배가 가라앉고 사람들이 희생됐다는 것을. 이야기를 견디지 못해 미쳐 가던 나는 바다 마을 정신과 의사와 상담, 의사는 주술을 통해 음식을 먹은 물고기들과 죽은 이들을 집단 치료했지. 나비와 꽃들과 별들을 초대하고, 의사는 무엇보다 영혼들을 쉬게 할 음악이 필요하다며 천안함 오케스트라의 메들리 자장가 연주도 들려주었어."

통역의 말이 끝나자, 미친 물고기는 가라앉은 배에 있던 칼로 할복했다. 물고기의 모습은 거짓말처럼 피 한 방울 없이 사라졌다. 물고기 괴물이 사라진 자리엔 아담한 동산이 펼쳐졌다. 2년생쯤 된 나무들과 물망초, 수선화, 장미, 백합, 채송화, 그 밖에 이름 모를 새로운 꽃들이 속닥거렸다. 멀리서 어슴푸레 세월호 학교를 짓는 모습이 보였다.

바다에 잠겼던 영혼들이 하늘로 오르며 우리에게 위로하는 듯한 메시지가 울려 퍼졌다. 베르디 가곡 〈나부코〉 가운데 '노예들의 합창'이 그들과 함께 하늘로 날아올랐다.

'이제부터 시간은 지금까지와는 전혀 다른 형태로 흐를 것이고, 나는 사라지지 않을 것이다. 이제 막 움트려는 나무의 싹눈에, 붉은 꽃잎을 적시는 이슬 방울에, 수줍은 듯 검은 머리카락을 만지고 재빨리 달아나는 바람에, 뜨겁게 달궈진 아스팔트 위로 시원하게 쏟아지는 소나기에, 끊어질 듯 이어지는 귀뚜라미의 울음소리에, 노란 잎을 하나둘 떨구는 가을 나무에, 꽁꽁 얼어붙은 개울에서 반사되는 햇살에, 잠 못 드는 밤 소복소복 쌓이는 눈송이에 나는 있다. 내가 보낸 마지막 선물을 받은 사람들은 금방 알아볼 것이다. 그 모든 곳에 깃들어 살고 있는 나를.'*

* 작가 박혜지의 〈마지막 말〉 중에서.

이 목 연

엄마가 뿔났다
시간의 틈새

이목연

강원도 원주에서 태어났으며, 1998년 《한국소설》 신인상으로 등단했다.
소설집 《로메슈제의 향기》, 《꽁치를 굽는다》, 《맨발》을 냈으며, 김유정 소설문학상(2003), 인천문학상(2009), 한국소설작가상(2015)을 수상했다 .

엄마가 뿔났다

괘씸한 것. 이제 엄마 몸은 엄마가 알아서 하라고? 그래도 내 딴엔 유일한 내 편이라 생각해서 털어놓은 건데 딸이라는 것이 말을 고따위로 하다니. 명숙 씨는 생각할수록 괘씸하고 서운했다. 이 허리가 공연히 이렇게 구부러졌냐? 다 너희들 먹이고 가르치려고 버둥거리다 이렇게 된 거지. 그런데 늙고 병드니까 이제 와서 그저 귀찮다 이거지? 오냐, 알았다. 내 몸뚱이 내가 알아서 하마. 죽는 것도 내가 알아서 할 테니 다시는 연락도 하지 말자.

있는 대로 쏘아붙여 주긴 했지만 그래도 성이 풀리지 않았다. 냉장고를 뒤져 반 남아 있는 소주병을 찾아냈다. 의사가 술과 커피는 절대 먹지 말라고 했지만 이 상황에서 그까짓 게 대수냐 싶었다. 안주도 없이 술병을 들어 마셨다. 영감 살아서 한 잔씩 할 때면

달착지근 넘어가던 술이 도무지 쓰기만 했다.

이렇게 온몸에 땀이 흐르는 건 날씨 때문만은 아닐 것이다. 거실 바닥에 대자로 누웠다. 아무리 생각해도 뭔가에 쓰인 것만 같은 요 며칠이었다. 그날 큰며느리가 지껄이지만 않았어도 거길 쫓아가진 않았을 것이다.

"어머니, 요 앞 사거리에 큰 한방병원이 생겼네요. 요즘 개원 기념으로 특별할인 행사를 한다고 써붙여 놨던데, 시간 나면 한번 가 보세요."

몇 년 전부터 허리가 말을 듣지 않았다. 동네 한의원으로 정형외과로 다니며 침도 맞고 주사도 맞았지만 별 소용이 없었다. 그러는 와중에 시나브로 구부러진 허리는 이제는 지팡이가 없으면 펴지지도 않았다. 영감이 살아 있었다면 이 지경까지는 되지 않았을 것이다. 에구구 엄살이라도 부리며 이게 다 당신 탓이라고 강짜라도 부리고 나면 속이 후련할 것 같았다. 영감 가고 나선 도무지 하소연할 곳이 없었다. 두 아들 내외는 어미가 아프다는 소리는 제 집 강아지 짖는 소리만큼도 치지 않았다. 그나마 딸이 있어 가까운 병원 나들이 때는 곧잘 불러들였지만 제 아들 군대 갈 날이 잡힌 후론 도통 어미에게 관심을 두지 않는다.

한 달에 한 번 인사차 들르는 큰며느리가 그 소리만 하지 않았어도 이렇게 일을 저지르지는 않았을 것이다. 그냥 구부러진 채 살아야 하나 보다 하며 방바닥을 뭉개며 걸레질을 하고 구부린 채 혼자 밥을 지어 먹었을지도 모른다. 그런데 그날 촉새처럼 내뱉은 특별할인이라는 말이 귀에 콕 박혀 넘어가질 않았다.

기왕 정보를 알려줄 거면 말 나온 김에 같이 가서 보호자라도 되어 주면 좋으련만 며느리는 그저 한번 가보라는 말만 던져놓고는 발딱 일어섰다. 오랜만에 사람 소리가 반가워 밥이라도 먹고 가라고 잡았지만 약속이 있다며 앉은 지 십 분도 안 되어 달아날 궁리부터 하던 며느리였다. 그래도 용돈이라고 건네주는 것이 고마워 싫은 소리는 할 수 없었다.

날은 덥고 내 몸 아프다고 알아줄 사람은 없고 이래저래 사는 게 서글펐다. 공연히 심란해서 누웠다 앉았다 하다가 다음 날 아침 기어이 지팡이를 짚고 문을 나섰던 명숙 씨였다.

아들 또래나 됐을까. 아직 젊고 잘생긴 의사는 상냥하게 웃으며 우선 사진을 찍자고 했다.

"걱정하지 마세요. 이건 그렇게 돈이 많이 들지 않는 겁니다."

주춤거리는 명숙 씨의 속내를 읽은 듯 의사는 가려운 곳을 콕 찍어 주었다. 뉘 집 자식인지 몰라도 참 잘 키운 것 같았다. 저이 부모들은 얼마나 좋을까. 절로 한숨이 나왔다.

유난히 구부러지고 휜 척추 사진을 보던 의사는 혀를 끌끌 찼다.

"어머니, 얼마나 고생을 하셨기에 뼈가 이렇게 무너져 내리셨어요? 이게 다 자녀들 위해 애쓰신 보답이지요?"

이 한마디에 콧등이 찌르르해졌다. 세상에 내 속 알아주는 이가 다 있다니. 명숙 씨의 눈에 기어이 눈물이 핑 돌았다.

"이러니까 자식들한테 공들일 필요 없다니까요. 젊어서 죽도록 고생하셨는데, 이렇게 된 허리 고쳐 준다는 자식 하나 없잖아요? 이 연세에 혼자 병원에 오시게 하고. 전부 제 새끼만 귀하다고 물고 빨지. 안 그래요, 어머니?"

어머니, 어머니 해가며 어쩜 그리도 제 속을 읽어 주는지 명숙 씨는 그만 그 의사 앞에 폭 고꾸라져 설움을 토해내고 말았다. 자리에서 일어나 등을 토닥여 주는 의사의 손이 따뜻했다. 주책없게도 울음이 멈추질 않았다.

"걱정 마세요, 어머니. 제가 고쳐 드릴게요. 지팡이 없이 걸어 다니고 싶으신 거죠? 우리, 보란 듯이 걸어 봅시다. 이렇게 구부리고 걷는 게 얼마나 힘든지 자식들은 모른다니까요."

돈 걱정도 하지 말라고 했다. MRI를 찍어서 정확히 아픈 부위를 찾아내고, 허약해진 몸도 한약으로 다스리고, 일주일에 두 번씩 침도 맞고 물리치료도 해주는 조건으로 합해서 300만 원만 내라고 했다. 원래 700만 원 정도 비용이지만 어디서 깎고, 또 어느 부분에서 후려쳐 반도 안 되는 금액만 받겠다는 거였다. MRI만 찍어도 백만 원 돈 든다는 얘긴 듣고 있었다. 보약 드신 지가 얼마나 됐느냐고, 보약 한 재 먹었단 셈 치라 생각하라는 의사의 얼굴이 큰아들보다 미더웠다.

"어머니 갖고 계신 비상금 있잖아요. 그 돈 자식들에게 주고 가봤자 고마워하지도 않아요. 아프다는 말씀 마시고 어머니 위해서 쓰세요."

집안 사정을 다 안다는 듯이 말하는 의사였다. 5년 병원 다닐 거한 번에 고치는 셈 치라는 말도 일리가 있어 보였다. 공연히 자식들에게 얘기해 봤자 잔소리만 들을 테니 아무 말도 말고 치료를 하라는 말에 든든한 공범자가 생긴 것 같았다. 그래, 까짓 거 저세상 갈 때 가져가지도 못할 돈, 공연히 아끼면 뭐 하나 싶었다.

의사 앞에서 실컷 울고 온 탓일까. 돌아오는 길은 몸도 마음도 가뿐했다. 그런데 시간이 지날수록 걱정이 됐다. 아무래도 혼자 결정하기에는 큰돈 같았다. 그래서 딸년에게 의논을 할 겸 전화를 건 것이었다. 그런데 군대에 간 아들 옷이 왔다나 어쨌다나 하면서 다 죽어가는 목소리로 전화를 받았다. 이만저만 해서 이렇게 하고 왔다고 설명을 했더니 이제 제발 엄마 일은 엄마가 알아서 하라며 다짜고짜 성질을 부려 댔다.

"요즘 세상에 돈 달라고 하면 좋게 내놓을 자식이 어딨어? 여든 넘은 노인네가 허리는 펴서 뭐 하려고?"

제 아버지 장례 치르고 남은 돈이었다. 그 쥐꼬리만 한 돈이건만 한 푼이라도 축내지 말라고 단속을 하던 딸이었다.

"앞으로 엄마 혼자 살려면 어떤 상황이 올지 아무도 모르잖아. 치매에 걸릴지도 모르고. 너무 아프면 요양원으로 갈 수도 있고. 그때 대비해서 잘 간직하고 있어요. 그나마 그게 힘이 될 테니까."

친구들과 해외여행을 갈 때도, 다리를 수술할 때도 딸애가 서둘러 준 덕분에 그 돈에 손을 대지 않았다. 이러던 딸이 용돈 몇 푼 준다고 유세를 하는 건가. 안 그래도 이번에는 자식들에게 손을 내밀 생각은 아니었다. 그런데 먼저 그렇게 쏘아붙이다니. 자존심이

상했고 딸년이 약속했다.

오기로 다음 날부터 더 열심히 병원에 다니기 시작했다. 구부리고 걷는 게 창피해서 되도록 남들 눈에 띄지 않으려고 겨우 집 안에서만 움직거렸다. 하지만 의사가 그러지 말라고 했다.

"백세 시대잖아요, 어머니. 사시려면 건강하게 사셔야 하지 않겠어요?"

미운 구석이 하나도 없는 젊은이였다. 그의 말에 적극적으로 따랐다. 앉을 때는 벽에 기대어 허리를 펴고 앉으라는 말에 그렇게 했고 좋아하는 밀가루 음식도, 커피도, 사이다도 끊었다. 걸레질도 하지 말라고 해서 하지 않았다. 대신 전에 없이 약은 시간 맞춰 정성스레 먹었다. 내 어떻게든 고쳐 보리라. 자식 놈들한테 보란 듯이 걷는 모습을 보여 줄 셈이었다.

그렇게 침 맞고 약을 먹은 지 벌써 보름. 허리 펴기가 조금 부드러워진 것 같았다. 병원 오가는 것도 예전만큼 힘들지 않았다.

"어머니, 어때요? 이제 여기까지는 걸으실 만하죠?"

사진상으로도 많이 좋아졌다면서 의사는 지팡이를 빼앗으며 그냥 걸어 보라고 했다. 허리를 펴보았다. 펴졌다. 지팡이 없이는 떼기 힘들던 발이 자연스레 앞으로 나아갔다. 댓 발짝 걷자 다시 허리가 아프기 시작했지만 희망이 보이는 것 같았다. 명숙 씨 얼굴이 활짝 펴졌다.

"고맙습니다. 선생님 덕분에 이렇게 걷게 되었네요."

명숙 씨는 그 의사가 큰아들의 친구라는 것도, 지금 칸막이 너머로 자신을 지켜보고 있다는 것도 모른 채 의사의 손을 잡고 다시 한 번 결심을 말했다.

"괘씸한 것들. 내 기어이 걸어 보이고야 말 겁니다, 선생님."

시간의 틈새

네가 그랬지? 그 문은 자동문이라고. 다만 우리는 비밀번호를 모르기 때문에 저쪽에서 열어 줘야 들어가는 문이라고. 언제 열릴지 알 수 없어서 대비하기가 어렵다고 했잖니. 그 말이 맞는 것 같구나. 엊그제 네가 나에게 물었을 때 짐작했단다. 조만간 그 문이 열리겠구나 하고 말이다.

그날 너는 예사로 물었지. 좀 더 버틸 수 있겠느냐고. 내가 힘들 것 같다고 대답했는데, 기억하니? 사실 이만큼 버티는 데도 힘들었단다. 좀체 숨이 쉬어지지 않아 답답했어. 아무리 고압산소를 들이부으면 뭘 해. 숨이 시원하게 들어가질 않는걸. 가슴 깊숙이 숨 한 번 크게 쉬어 보았으면 원이 없겠더라. 누굴 탓하겠니. 유전적으로 물려받은 천식에다 스무 살도 되기 전부터 일흔세 살까지 담배를 피웠으니. 너도 알다시피 말년엔 폐렴으로 늘 병원엘 드나들었잖냐. 아무래도 잘 낫지 않는 게 수상하다고 작년엔 폐 내시경에 심장 초음파까지 다 했지만 뭐 뚜렷이 나타나는 것도 없었잖니. 그래도 너에게 대소변 심부름 안 시키고 내 발로 화장실 다닐 수 있었던 것만 해도 어디냐. 정말 너희들에게 그런 신세는 지고 싶지 않았거든.

그런데 이번 사흘은 지옥 같았다. 등을 대고 눕지를 못했더니 어깨며 허리, 엉덩이까지 안 아픈 곳이 없었어. 스치는 손길들은 왜 또 그리 아픈지. 뼈마디에 가죽만 붙어 있으니 그랬겠지. 그나마 네가 주무르는 게 견딜 만했어. 네가 워낙 손아귀 힘이 약하잖니. 그래서 네 손길을 거부하지 않았던 거다. 그날 팔 좀 아팠지? 덕분에 시원했다.

그날 네게 이 얘기 저 얘기 한 게 마지막 말이 될 줄은 나도 몰랐다. 곧 가야 할 시간이 가깝다는 건 예감하고 있었지만 이렇게 갑자기 저 문이 열릴 줄은 몰랐어. 올 여름 유난히 덥다고들 난린데 굳이 그 먼 포항까지 왜 그리 가려 했느냐고 너는 물었지? 그냥 가고 싶더구나. 아마 내가 갈 날이 머지않았다는 걸 예감하고 있었기 때문인 것 같다. 숨은 찼지. 너도 알다시피 내가 일흔 넘은 뒤로 숨 안 찬 날이 있었냐? 근데 그 무렵엔 공연히 자신감이 생기더구나. 여행을 가려면 근육을 키우라고 했지? 그래서 네 말대로 살살 걸으면서 다리 근육도 키웠었거든.

그날, 포항으로 떠나기 전에 네가 했던 말도 기억한다. 너는 나에게 말했지. 분명 몸에 무리가 올 거라고. 성한 사람도 여독이라는 게 있는데 나처럼 늙고 병든 몸으로는 힘든 여행일 거라고 말이다.

"하지만 오늘이 아버님 생전에는 가장 젊은 날이고, 아마도 가장 건강한 날이지 않을까 싶기도 해요."

네 말에 수긍이 가더구나. 몸에 무리가 와도 하고 싶은 걸 할 것이냐, 그냥 몸을 보전하며 목숨을 이을 것이냐. 그렇게 묻는 것 같았다. 맞지? 나는 네 우려에도 결국 포항행을 택했다. 그만큼 절실한 여행이었어. 물론 딸내미가 보고 싶은 것도 있었지. 하지만 젊은 시절 내가 가장 활발하게 누비던 그곳을 한번 돌아보고 싶었던 게 더 큰 이유였단다.

내가 포항기지사령부에서 사령관을 했었다는 얘기 했었냐? 전쟁이 끝난 지 얼마 안 됐을 때야. 줄 한번 잘못 쓰면 빨갱이가 되고, 또 이쪽으로 서면 빨갱이한테 맞아 죽던 혼란기였다. 우리 고향 사람들이 전부 빨갱이가 되어 처형자 명부에 올라가 있는 걸 알았지. 산으로 올라가는 빨갱이들한테 밥 해주고 짐 져주었다는 게 그 이유였어. 마을 전체 씨가 마를 상황이었다. 내가 책임지겠다고 해서 이쪽으로 돌려놓을 수 있었던 것도 바로 내가 포항사령부에 있었기 때문이야. 그 후로 고향 사람들이 나를 바라보는 눈길이 달라졌단다. 그때가 내 인생의 황금기였지. 그 시절을 돌아보고 싶었던 게야.

많이 변했더구나. 예전에 기다란 해안선만 늘어서 있던 어촌이 아니었어. 밤이면 온통 어둠뿐이던 바다가 이제는 불야성을 이루었더구나. 포스코의 야경은 그야말로 환상적이었다. 이다음에 너도 한번 가봐라. 그날 포항 해안에서 벌어진 축제 마당에서는 각설이 타령이 공연 중이었는데, 그 가사가 왜 그리 가슴에 와닿던지. 젊은 시절이 좍 눈앞에 펼쳐지면서 구구절절 내 얘기 같더구나. 기운이 조금만 더 있었으면 같이 춤을 추고 싶을 지경이었다.

내가 쓰러진 게 그 이튿날이지? 기를 쓰고 버텼지만 결국 그렇게 되고 말았구나. 어떻게든 고향 영천까지 다녀오려 했는데 아무래도 무리였던 모양이다. 인공호흡기를 달고 구급차로 400킬로미터를 달려와 대학병원 중환자실에 들어가긴 했는데 왠지 네게 좀 미안해지더구나. 그때 네가 내 손을 쥐어 주며 그랬지?

"괜찮아요, 아버님. 잘 하셨어요. 조금만 힘내시면 곧 좋아질 거예요."

힘을 내려고 했다. 정신을 차려야지 했어. 헌데 영 몸이 일어서지질 않았다. 중환자실에서 입원실로 내려와서도 시원한 게 없었어. 집에만 가고 싶더라. 내가 아범을 조르고 의사를 졸랐다. 아범 너무 원망 말아라. 그 덕분에 집에서 사흘을 자고 왔잖니? 그 사흘, 좋았다. 아주 편안했어. 네가 다시 119 구급차를 부르겠다고 했을 때 사실 난 하루라도 더 집에 있고 싶었다. 실은 너희들을 위해서 병원으로 옮겨온 거다. 너는 구급차 안에서 부어 오른 내 다리를 꾹꾹 주무르며 말했지. 이렇게 밀가루 반죽처럼 살이 푹 들어가서 안 나오는데도 집에 계시겠다면 어떻게요? 그때 네 눈에 어리는 눈물을 보았단다. 그날도 우리 많은 얘기를 했지?

아니, 우리가 아니고 내가 주로 내 얘기를 했구나. 왠지 외롭고 두렵더라. 말을 하고 싶었다. 그래서 외로웠던 내 어린 시절과 젊은 날의 얘기를 네게 털어놓았던 게야. 말없이 들어주어 고마웠다. 내가 우리 자식들을, 맏며느리인 너한테 부탁한다고 할 때는 좀 염치가 없긴 하더라. 하지만 어쩌겠냐. 나와 할멈이 없으면 너랑 아범이 이제 집안의 어른이니 그것들 누가 살피겠냐? 이런 짐을 진 너희들한테 늘 감사하고 미안했다.

너는 의사나 간호사가 무슨 의료 행위를 하면 꼭 그 이유를 알려주었지. 그게 참 안심이 되더구나. 썩션으로 가래를 뺄 때도 네가 곁에 있어 줘서 편했다. 그 뒤에 진통제인 패치를 붙였다고 했지. 이제 안 아플 거라며 좀 누워 보라는 네 말에 잠깐 눈도 붙였지. 그때 찍은 사진은 잘 나왔냐? 내가 웃으면서 포즈를 잡아 주었는데.

오늘 아침 나의 세 딸이 들어오는 걸 보며 확실히 알았단다. 내가 갈 시간이 임박했음을 말이다. 포항 딸이 아버지 기도 시켜 드리러 왔다고 할 때 정신을 퍼뜩 차렸지. 그래. 갈 때 정신줄을 놓지 말라고 했지. 그래서 버텼다. 딸내미들이 내 몸을 닦아 주며 재롱을 떨던 모습을 다 기억한단다. 나무아미타불 하기에 관세음보살 해줬어. 내 새끼들 마음 편하라고 말이다. 점심 먹고 온다기에 고개를 끄덕여 주었지. 그 애들 나가고 나니까 진이 쭉 빠지더구나. 순간 저 천장 위에서 서서히 시간이 멈춘 채 틈이 열리는 게 보이기 시작했다.

밝은 빛이 내려오네. 나도 모르게 눈물이 흘렀나 보다. 손자가 몸을 흔들었다. 할아버지 왜 우느냐고. 이 눈물의 의미가 뭘까. 아쉬움 때문은 아니야. 네게 말했듯이 그저 이 세상에 홀로 왔던 것처럼 혼자 가는구나 느꼈을 뿐이다. 누구와도 손잡고 갈 수 있는 길이 아니라는 건 알고 있으니까. 차츰 감각이 없어지고 몽롱해졌다. 눈꺼풀이 무거워서 절로 눈이 감겼어. 의사가 뛰어오고 간호사가 급하게 연락을 취하는 소리가 들렸어.

깜박 존 것 같은데 내 소식을 들은 너희들이 뛰어 들어오는 소리가 들렸다. 내 딸들과 너의 오열 소리도 들었지. 그렇게 마음 안 써도 되는데. 그만하면 충분히 했잖니. 그만 주물러도 돼. 걱정 마라. 내 너의 기도 소리 들으며 환히 열린 길 따라 가련다. 네가 그랬지? 저세상도 이 세상과 별반 다르지 않을 거라고. 다음 생엔 좀 더 따뜻한 인연들 만나면 좋겠다고. 그 역시 그저 우리가 주고받은 말이었다만 이런 상황을 염두에 두고 했던 말 아니겠니? 나도 그렇게 생각한다. 내가 선한 맘으로 가면 선한 인연들 만날 거라고 말이지. 그런데 말이다. 죽음이란 것이 그저 잠자는 것 같을 거라던 말은 아무래도 거짓말 같구나. 이렇게 생생하게 깨어 있거든. 몸의 통증은 사라지고 눈은 감고 있어도 온갖 소리들이 들리고 온갖 빛들이 보인단다. 물론 저 시간의 틈새로 완전히 들어가 버리면 곧 사라질 감각이겠지만 말이다.

저런, 문 앞에서 자꾸 손짓을 하는구나. 어서 오라는 것 같아. 네가 하는 말도 들린다. 아직 심장이 따뜻하다고? 금방 식겠지. 이제 그만 울어라. 몸 상할라. 너희들 때문에라도 어서 가야 할 것 같구나. 저 저승사자들도 너무 오래 기다리게 하면 안 되겠지?

그래그래, 잘 가마. 너도 잘 있거라. 그간 우리 늙은이들 거두느라 애썼다. 고마웠다, 며늘아기야.

이 진 훈

박 의원님 주례사主禮史
아들딸들 보아라

이진훈

시인이자 미니픽션 작가. 중앙대학교 문예창작학과를 졸업했으며, 예일여고를 거쳐 현재 영동고등학교에 재직 중이다. 한국미니픽션작가회 회장이기도 하다.

박 의원님 주례사主禮史

1

"박 의원님, 제가 다음 달에 결혼하는데 박 의원님께서 꼭 좀 주례를 맡아 주십시오. 3선의 박 의원님께서 주례를 해주신다면 제 일생에 큰 힘이 될 것 같습니다."

"아니 엄 사장, 아직 결혼을 하지 않았단 말이오? 엄 사장 주변에는 늘 여자들이 많았던 것 같은데."

"무슨 말씀을요. 여자들이야 늘 많았지만 결혼은 이제 처음 하는 것입니다. 다음 선거도 다가오고 있으니까 대신 제가 힘껏 도와드리겠습니다."

"아, 그래요. 그럼 내가 엄 사장 주례를 맡기로 하리다."

"… 오늘 결혼하는 신랑 엄청남 사장은 장래가 촉망되는 청년 실업가로서 바른 인성과 의리를 중요시하는 사람입니다. 미국을 상대로 무역업을 하는데 그 규모가 실로 놀랍기 그지없을 정도입니다. 대한민국의 수출 백억 불 달성의 일익을 담당하여 국부를 늘려 가는 위대한 청년입니다. 엄 사장의 사업은 바로 애국의 지름길입니다. 한 손에 총칼 들고, 또 한 손에 망치 들고 근면 자조 자립을 실천하는 모범사업가입니다. 오늘의 신부 또한 미국 유학 중에 신랑을 만나 사랑을 싹틔운 보기 드문 재원입니다."

2

"박 의원님, 제가 다음 달에 결혼하는데 박 의원님께서 꼭 좀 주례를 맡아 주십시오. 4선의 박 의원님께서 주례를 해주신다면 제 일생에 영광이고 큰 힘이 될 것 같습니다."

"아니 엄 사장, 전에 결혼하지 않았나요, 내가 주례를 섰지 않았소?"

"그랬습니다. 몇 해 전에 박 의원님께서 주례를 잘 해주셔서 몇 해 행복하게 잘 살았습니다. 그런데 서로 성격이 맞지 않아 지난해 이혼을 하고 다시 결혼하게 되었습니다. 전보다 더 열심히 행복하게 살겠습니다. 다음 선거도 다가오고 있으니까 대신 제가 힘껏 도와드리겠습니다."

"아, 그래요. 그럼 내가 엄 사장 주례를 맡기로 하리다. 같은 신랑 주례를 두 번씩이나 하다니. 허허 이것도 인연입니다."

"… 오늘 결혼하는 신랑 엄청남 사장은 탄탄한 무역업을 하는 중견실업가로서 바른 인성과 의리를 중요시하는 사람입니다. 미국을 상대로 무역업을 하는데 그 규모가 실로 놀랍기 그지없을 정도입니다. 대한민국의 수출 오백억 불 달성의 일익을 담당하여 국부를 늘려 가는 위대한 사업가입니다. 엄 사장의 사업은 바로 애국의 지름길입니다. '중단 없는 전진'을 착실히 실천하는 모범사업가입니다. 오늘의 신부 또한 미국에서 사업을 하며 업무 파트너로 만난 재미사업가 여성으로 보기 드문 재원입니다."

3

"박 의원님, 제가 다음 달에 결혼하는데 박 의원님께서 꼭 좀 주례를 맡아 주십시오. 5선의 박 의원님께서 주례를 해주신다면 제 사업에도 큰 힘이 될 것 같습니다."

"아니 엄 사장, 또 결혼을 합니까? 전에 두 번이나 결혼한 것을, 그리고 그때마다 내가 주례를 선 것을 또렷이 기억하고 있는데."

"그랬습니다. 두 번씩이나 박 의원님께서 주례를 잘 해주셔서 그때마다 행복하게 잘 살았습니다. 그런데 이번에도 몇 년 살다 보니 또 서로 성격이 맞지 않아 지난해 이혼을 하고 다시 결혼하게 되었습니다. 전보다 더 열심히 행복하게 살겠습니다. 다음 선거도 다가오고 있으니까 대신 제가 더 크게 힘껏 온몸을 바쳐 도와 드리겠습니다."

"아, 그래요. 그럼 내가 엄 회장 주례를 맡기로 하리다. 같은 신랑 주례를 세 번씩이나 하다니 이것도 대단한 인연입니다. 나도 엄 사장을 잘 살펴 드리리다."

"… 오늘 결혼하는 신랑 엄청남 사장은 대미무역의 선구자이신 대기업의 회장이십니다. 세계 경제대국 미국뿐만 아니라 유럽 전역을 상대로 무역업을 하는데 그 규모가 실로 놀랍기 그지없을 정도입니다. 대한민국의 수출 일천억 불 달성의 일익을 담당하여 국부를 늘려 가는 위대한 사업가로서 누구보다도 의리를 중시하고 도덕성을 바탕으로 정도 경영을 실천하는 큰 인물이십니다. 엄 사장의 사업은 바로 애국의 지름길입니다. 한국을 '선발 중진국' 대열에 올려놓으신 훌륭하고도 모범적인 사업가이십니다. 오늘의 신부는 미국에서 사업을 하며 만난 중동 지방 산유국의 공주님으로서 미모와 실력, 여기에다가 재력까지 고루 갖춘 여성입니다. 이 신부님이야말로 우리나라의 중동 진출과 에너지 산업에 크게 이바지할 것으로 확신합니다."

4

“박 의원님, 제가 다음 달에 미국에서 결혼하는데 박 의원님께서 꼭 들어오셔서 주례를 맡아 주십시오. 그동안 박 의원님께서 제 사업을 적극적으로 밀어 주셔서 탄탄대로를 걷고 있는데 6선의 관록을 자랑하시는 박 의원님께서 제 결혼에 주례를 맡아 주신다면 미국에서 하는 제 사업에도 큰 밑거름이 될 것 같습니다.”

“아니 엄 회장님, 이게 무슨 말씀이십니까, 또 결혼을 하십니까? 전에 세 번이나 결혼하신 것을, 그리고 그때마다 제가 주례를 맡아 드린 것을 또렷이 기억하고 있습니다만. 똑같은 주례사를 네 번씩이나 하자니 매번 거짓말하는 기분이 들어서 멋쩍습니다.”

“그랬지요. 세 번씩이나 박 의원께서 주례를 잘 해주셔서 그때마다 행복하게 잘 살았지요. 그런데 이번에도 또 몇 년 살다 보니 사업상 틀어진 것이 많아서 지난해 이혼을 하고 다시 결혼하게 되었습니다. 박 의원께서도 이제 민주화된 고국에서 큰 그림을 그리시는 것 같던데 그러시려면 미국에 있는 교포들과도 통 크게 교류하셔야 할 텐데 이 기회에 들어오셔서 제 주례도 맡아 주시고 재미교포들과도 거래를 좀 트시지요. 이제 한국도 오랜 군사독재정권에서 벗어나 민주화 시대를 맞이하고 있으니 박 의원께서도 미국 민주정치의 현장도 살펴보시고, 미국의 유력 정치인들과 사진도 확실하게 찍을 수 있게 도와드리겠습니다. 다음 선거에 제가 화끈하게 한 역할 맡겠습니다. 그리고 거짓말이면 어떻습니까? 누가 결혼식장에서 주례사를 귀담아 듣기나 하나요?”

“아, 그러십니까, 허허. 그럼 내가 엄 회장님 주례를 맡기로 하겠습니다. 같은 신랑 주례를 네 번씩이나 하다니 이거 기네스북에 오르는 것 아닌가 모르겠습니다. 아무튼 엄 회장님의 결혼식에 맞춰 태평양을 건너갈 테니 미국의 유력 정치인들과 꼭 사진을 찍을 수 있게 도와주십시오.”

“… 오늘 결혼하는 신랑 엄청남 회장님은 대미무역의 선구자이신 대기업의 회장이십니다. 미국뿐만 아니라 전 세계를 상대로 무역업을 하는데 그 규모가 실로 놀랍기 그지없을 정도입니다. 엄 회장님은 미국을 상대로 무역업을 하여 쌓은 부와 인적 네트워크를 이용하여 고국의 정치 민주화와 경제 민주화에도 ‘행동하는 양심’을 바탕으로 큰 공헌을 하셨음은 물론 정도 경영으로 세계 굴지의 기업을 일구셨습니다. 여러분의 조국인 한국의 민주화는 이렇게 한국 내의 민주화 세력만이 아닌 해외동포님들의 노력과 지원으로 이룬 금자탑입니다. 동포 여러분, 감사합니다. 오늘의 신부는 엄 회장님께서 아끼고 사랑해 주시던 당신 회사의 장래가 촉망되고 미모가 뛰어난 아가씨입니다. 신부가 비록 사회 경험은 일천하지만 타고난 지혜와 능력을 발휘하여 신랑 엄 회장님의 사업을 뒷받침하리라 믿어 의심치 않습니다.

하객 여러분, 이 아름답고 숭고한 신랑 신부를 위해 다함께 건배합시다!”

아들딸들 보아라

못난 에미 때문에 하루도 니들 몸과 마음이 편할 날이 없지? 이 에미는 니들에게 할말이 없구나. 무슨 낯으로 니들을 볼 것이며, 무슨 입으로 니들에게 말을 하겠냐? 그날 서둘러 집을 나서다가 교통사고를 당한 후 만신창이가 된 몸도 몸이지만 더 이상 니들 볼 염치가 없어서 아예 입을 열지 않고 병신 된 척 한 것이란다. 다행히도 의사선생님이 뇌 촬영 결과 뇌출혈로 인해 인어장애는 물론 의식불명까지 될 수 있다는 말에 에미는 오히려 말을 안 해도 의심받지 않을 것 같아 안도했었단다. 입도 뻥긋 안 하고 식물인간처럼 누워 있다가 이대로 죽는 것이 낫지 다시 살아서 니들에게 부담되기도 싫고, 이러쿵저러쿵 동네 사람들 입방아에 오르내리기도 싫다. 때가 되면 어서 죽는 게 복이라는 옛 어른들 말씀이 하나도 틀리지 않더구나.

사고 뒤 내 가방에서 나온 오백만 원 현금 다발에 대해 듣는 사람마다 온갖 억측을 쏟아내더구나. 혼자 된 딸에게 아들들 몰래 주려고 했을 거라는 둥, 누구에게 사채를 놓으려 했을 거라는 둥, 불쌍한 영감님 하나 생겨 도와주려 했을 거라는 둥 입방아를 찧더구나. 죽은 척 듣고만 있었다.

그래, 그네들이 의혹을 제기한 그 말들이 전혀 틀린 것은 아니다. 허구한 날 친정에 찾아와 돈 내놓으라며 포악질하던 딸년에게 니들 몰래 돈을 준 적도 있고, 동네 사람들에게 일이백씩 빌려주고 이자 따먹는 재미도 쏠쏠했었다. 돈도 돈이지만 찾아올 때마다 주전부리를 싸들고 와서 이 말 저 말 건네주는 그들이 여간 반갑고 정다운 것이 아니었단다. 어느 살붙이가 그리 하겠냐? 영감이 생겼다는 말은 나도 농담으로 들었다. 팔십 넘은 할망구에게 새 영감은 당치도 않지. 먼저 간 니들 아버지에게도 욕될 일이지.

언제 숨이 끊어질지는 모르겠다만 그날이 하루라도 빨리 오면 좋겠다. 병원 생활도 이젠 넌더리가 난다. 조선족 아주머니의 정성어린 간병이 그나마 위로가 되고, 이 아주머니 덕에 니들에게 마지막 편지를 남길 수 있게 되었구나. 며칠에 걸쳐 내가 남기는 말을 또박또박 잘도 받아 적더구나.

오늘은 오백만 원 현금 다발에 대해 말해야겠구나. 그래야 니들이 이 에미의 지난 십 년의 삶을, 니들 아버지 먼저 보내고 산 십

년의 삶을 짐작이나 해보겠지. 니들 아버지 보내고 처음 한두 해는 그래도 주말마다 찾아오는 아들딸과 손주들 보는 재미로 살았지. 그러던 것이 차차 손주들이 커서 중·고등학생이 되고, 니들도 직장에서 살아남기 위해 발버둥을 치다 보니 발걸음이 잦아들었지.

그 무렵부터 에미는 경로잔치나 온천 무료 관광, 북한예술단 무료 공연장으로 동네 할머니들과 출근하다시피 몰려 다녔단다. 그때가 얼마나 재미있었는지 니들은 모를 것이다. 가기만 하며 공짜로 선물 주지, 팔다리 어깨 주물러 주지, 곁에 앉아 살갑게 말동무해주지 여간 즐거운 게 아니었단다. 아직도 다락방 가득 그런 곳을 다니며 받아온 선물들이 쌓여 있단다. 니들은 받아온 선물을 보며 사기라고 일축했다만 에미인들 왜 그것을 몰랐겠니? 처음 몇 번이야 혹했다만 한두 해 쫓아댕기다 보니 그들의 수법이 훤히 보이더라.

그러나 자제하고 집에 들어앉아 며칠 지내면 좀이 쑤시고 그들이 그리워지더구나. 사근사근 말 걸어오고, 여기저기 쑤시는 데 주물러 주고, 매일매일 전화로 안부 물어 오고. 이게 다 거짓말인데, 이게 아닌데 다짐을 하면서도 몸은 벌써 문밖을 나서고 있었으니 나도 나를 모르겠더구나. 번연히 거짓말인 줄 알면서도 에미가 빠져든 것이지. 옛날 천둥벌거숭이 니들 아버지하고 연애할 때 홀딱 빠져든 것처럼 그랬던 것이란다. 그래도 그들이 칼 든 도둑보다는 낫다는 생각도 했단다. 긴긴 밤 말똥말똥 누워 있을 때는 도둑이라도 찾아들기를 바란 적도 있었기도 했단다.

그렇게 쫓아댕기다 만난 것이 북한예술단 아가씨였단다. 그 아가씨 이야기 들어 보니 기구하기가 이루 말로 표현할 수가 없더구나. 더구나 그 아가씨 고향이 에미와 같은 원산이더구나. 송도원이며 명사십리며 눈시울 붉혀 가며 이야기하는데 나도 눈물을 감출 수가 없었지. 그 아가씨가 선물을 싸들고 집까지 찾아왔을 때는 내가 진수성찬까지 차려 함께 먹기도 했단다. 그날 밥맛이 꿀맛이었지. 늘상 혼자 먹던 것에 비하면 견줄 수가 없지. 돈을 벌어 북에서 굶고 있는 부모님께 송금해야 하는데 남쪽에서의 삶이 너무 고달파 쉽지가 않다는 말에 고향 사람 돕는다는 생각으로 의료용 침대를 덥석 사고 말았지. 니들에게는 싸게 샀다고 말했지만 사실은 나도 감당하기 어려울 만큼 비싼 값을 주고 산 것이란다.

지금 생각해 보니 무엇에 홀려 그리 비싼 것을 샀는지 후회막급이다. 침대가 배달되고, 할부금을 두어 번 내고 나서야 정신이 번쩍 들어 반품을 하겠다고 전화했더니 이미 포장을 뜯었고, 할머니께서 직접 서명을 했으니 법대로 하라고 막말을 하더구나. 나도 버티고 몇 달 할부금을 내지 않았더니 사람이 찾아와서는 욕을 퍼붓질 않나 제 명에 못 살 거라며 아들 회사를 찾아가서라도 받아내겠다고 하질 않나. 지옥도 그런 지옥이 없더구나. 그 아가씨를 찾으니 이미 회사를 그만두었다고 만나게 해주지도 않더구나. 그러더니 며칠 후 무슨 압류 계고장 같은 것이 왔더구나. 그래 별수 있겠냐? 한시라도 빨리 갚는 것이 니들도 살리고, 집도 빼앗기지 않을 것이라는 생각에 니들이 올 때마다 용돈으로 준 것을 차곡차곡 모아 두었는데 그것을 들고 갚으러 나가던 참에 사고가 난 것이란다.

이런저런 사정을 그냥 입 꾹 다물고 눈감을까 하다가 그래도 이 에미의 응어리진 속을 알리고자 힘들게 몇 자 적었다. 그래야 내가 편히 눈 감을 것 같더구나.

부디 우리 삼남매 화목하게 잘들 살아라. 에미는 이제 죽음이 복이라 여기고 갈 테니 울지 말고 아버지 곁에 잘 묻어 다오. 그리고 오백만 원으로는 병원비로 쓰든 침대 외상값을 갚든 니들 마음이 다만 이 편지를 받아 적고 전해 주시는 아주머니에게도 섭섭잖게 인사를 하면 좋겠다.

얘들아, 잘들 있거라, 못난 에미가 애끊는 마음으로 적는다.

이 하 언

그녀의 불

전설은 이루어졌다

이하언

2007년 《평화신문》 신춘문예에 〈달집태우기〉로 등단했으며, 같은 해 〈검은 호수〉로
토지문학제 평사리 문학대상을 수상했다. 소설집으로 《검은 호수》가 있으며,
공저로 《그 길, 나를 곁눈질하다》와 《내 이야기 어떻게 쓸까》가 있다.

그녀의 불

퍽!

무언가 터지는 소리가 들렸다. 그녀는 숨을 죽였다. 다시 소리가 났다. 퍽, 가슴속이었다. 타는 냄새가 났다. 그녀는 손을 들었다. 양쪽 손가락 끝에서 연기가 새어 나오고 있었다. 손가락들을 부챗살처럼 활짝 폈다. 연기는 이윽고 파란 불꽃이 되었다. 파란 불꽃은 노란색이 되었다가 주황색이다가 빨갛게 색을 바꾸어 갔다.

참 곱다. 손가락마다 피어난 꽃송이들을 보며 그녀는 감탄했다. 창 앞에 서서 두 손을 높이 치켜들며 그녀는 중얼댔다.

수많은 촛불들 같잖아.

팔까지 번져 불덩이가 점점 커져 갔다. 팔이 다 타버리면 조금은 불편하겠군. 하지만 그만큼 가벼워지겠지. 그녀는 긍정적으로 생각하기로 했다. 사실 정말 무거운 건 팔이 아니라 여기인데. 그녀는 불덩어리가 된 두 팔로 가슴을 잡았다. 한 겹 씌운 가죽뿐인데 철갑만큼 무겁고 갑갑했어.

가슴에도 불이 붙었다. 그녀는 불붙은 가슴을 내려다보았다. 지지직 무언가 녹아내리는 소리가 들렸다. 한 겹 가죽만은 아니었구나. 이런 커다란 덩어리를 끌어안고 있었구나. 가슴이 비로소 가벼워졌다.

그녀의 머리카락에도 불이 옮겨 타기 시작했다. 화르륵, 머리카락은 순식간에 타버렸다.

다음은 머리 차례군. 아아, 이제는 더 이상 생각하지 않아도 되겠군. 아무것도 모른다는 건 얼마나 행복한 일인가.

벨을 누르던 관리인은 화들짝 놀랐다. 불덩이처럼 뜨거웠다. 얼른 벨에서 손을 떼고 대신 문을 두드리려다 비명을 질렀다. 손이 철문에 쩍 붙어 버린 것이다. 황급히 떼어냈지만 이미 오른손의 거죽은 문에 붙어 버렸고 속살은 깊은 화상을 입은 뒤였다. 관리인의 신고를 받은 소방대원이 그녀의 오피스텔로 왔다. 소방대원은 문에 물부터 뿌렸다

문에 닿은 물은 순식간에 하얀 수증기가 되어 오피스텔 복도를 가득 채웠다. 긴장하여 문을 따고 들어갔던 소방대원들은 어리둥절했다. 창문 밖에서 분명히 불꽃을 보고 달려 올라왔던 관리인도 어리둥절 방 안을 둘러보았다.

그녀의 집은 그 시간 다른 오피스텔과 다를 것이 없었다. 똑같이 배치된 가구들, 벽에 걸린 달력, 탁자 위의 휴지. 켜져 있는 텔레비전.

텔레비전 화면에서는 신발 한 짝이 비춰지고 있었다. 값비싼 외제 명품 상표가 선명했다. 검찰청 안으로 끌려 들어간 한 중년 여인의 것이었다. 분노에 차서 몰려온 사람들에게 떠밀려 넘어지며 여인은 죽을죄를 지었다며 울먹이기도 했다. 화면을 가득 채운 사람들은 여인보다 더 참담한 표정들이었다.

화상 입은 손에 극심한 통증이 느껴졌다. 관리인은 온몸을 떨면서 신음 소리를 냈다.

후끈한 방 안의 열기가 참기 어려웠다. 황급히 창문을 열었다. 창가에 한 움큼의 재가 있었다. 그러나 재는 창문이 열리기를 기다리기라도 한 듯 순식간에 창밖으로 날아가 버렸다.

그녀는 없었다.

그리고 그날 이후 아무도 그녀를 본 사람은 없었다.

* 세계에는 인간 스스로 발화하여 오직 인간만 타는 '인체 자연발화 현상'이 보고되고 있다. 대한민국은 스스로 제 속을 태워 버리는 '화병'이라는 병명을 세계에 보고하고 있다.

전설은 이루어졌다

마을은 덤불과 붉은 흙더미로 둘러싸여 오랫동안 세상과 고립되어 있었다. 마을에는 오래전부터 전해 내려오던 전설이 있었는데 언젠가 세상을 향해 길을 열어 줄 지도자가 올 거라고 했고, 전설에 의하면 그날이 머지않았다는 것이다.

어느 날 저 멀리서 덤불이 쓰러지고 흙더미가 무너져 내리는 것이 보였다. 그날이 오고 있다는 것을 깨달은 마을은 흥분으로 들떠 술렁댔다.

마침내 마을을 막은 마지막 덤불이 열리고 한 사나이가 모습을 드러냈다. 그러나 막상 나서서 맞이하는 사람들은 없었다. 사나이는 남루했고 가까이 하기도 싫을 만큼 더러웠다. 흙투성이에 지푸라기가 엉겨붙은 봉두난발에 땟국 꾀죄죄한 옷은 찢겨져 너덜댔고 옷자락 사이로 앙상하게 드러난 갈비뼈는 긁혀 군데군데 피딱지가 앉아 있었다.

사나이는 너무나 지쳐 서 있을 힘도 없어 보였고, 사람들을 보자 들릴락 말락 약한 소리로 쩍쩍 갈라진 입술을 달싹댔다.

"제발 도와주세요, 먹을 거 좀 주세요."

마을 사람들은 낙담했다. 그들이 기다리던 지도자는 먹을 것을 구걸하는 그런 비굴한 모습이어서는 안 되었다. 사나이는 사람들을 향해 발을 떼려 애를 썼고, 사람들은 그만큼 더 뒤로 물러섰다.

그때였다. 누군가 들뜬 목소리로 소리쳤다.

"저기를 보라! 드디어 그분이 오셨다!"

봉두난발 사나이가 헤쳐 만든 길을 밟으며 한 남자가 모습을 나타내고 있었다.

백옥처럼 하얀 옷을 입은 남자는 자신에게 쏟아진 시선을 보고 온화한 미소를 지었다. 마을사람들은 희망에 찬 목소리로 환호했다.

"보라, 마침내 그날이 오도다!"

흙더미와 덤불을 헤치고도 티끌 하나 묻지 않은 정갈하고 단정한 모습으로 찾아온 그를 향해 사람들은 합창했다.

"당신이야말로 우리가 기다리던 바로 그분입니다!"

온화한 미소의 남자는 품위 있게 손을 들어 환호에 답했다. 축제 분위기가 된 마을은 봉두난발의 지친 사나이를 잊어버렸다. 오랜 시간 동안 흙더미를 퍼내고 덤불을 헤치며 길을 만들어 온 사나이는 체력이 완전히 고갈되고 말았다.

온화한 미소의 남자가 지도자 추대를 받는 동안 봉두난발의 사나이는 목마름과 굶주림을 참을 수 없어 기어 물웅덩이를 찾아갔다. 고개를 박고 물을 마시려 했지만 바닥난 체력 때문에 그에게는 고개를 들 마지막 힘조차 남아 있지 않았다.

'내가 이러려고 길을 헤쳐 왔던가….'

깊은 자괴감에 빠진 봉두난발은 얕은 물웅덩이도 피하지 못하고 빠져 죽고 말았다.

이후 세상과 소통시켜 주는 길이 생긴 사람들은 깨끗한 옷차림과 편안한 얼굴로 마을을 나설 수 있게 되었다. 마을은 평온하고 행복해졌고 모두 지도자와 같은 온화한 미소를 닮아 갔다.

사람들은 세상과 통하는 그 길을 처음 밟고 온 지도자를 존경하여 그 업적을 후세에 기록으로 남겨 길이길이 찬양하기로 했다. 한편 어린아이도 안 빠질 얕은 물웅덩이에 빠져 죽은 봉두난발은 비웃음과 수치의 상징어가 되어 입에서 입으로 전해 내려갔다.

그렇게 전설은 이루어졌다.

임 나 라

거짓말 시장市場

섬, 아르와arwah

임나라

중앙대학교 문예창작과에서 소설을 전공했으며, 서울신문과 대전일보 신춘문예 동화로 등단했다.
동화책《하늘마을의 사랑》,《무화과나무집》,《사랑이 꽃피는 나무》,《광덕 할머니의 꽃자리》와
한뼘자전소설《내 이야기 어떻게 쓸까?》(공저)를 냈다. 한국문인협회·한국아동문학인협회·
한국미니픽션작가회·한국가톨릭문인회 회원이며, 한국조형예술신문(인터넷) 편집인이다.

거짓말 시장市場

市場 · 일

시장통. 어릿광대 분장을 한 빨강코 여자가 수레에 올라탄 채 장타령을 흉내내며 흥겹게 노래를 부른다.

"작년에 왔던 호박엿, 죽지도 않고 또 왔네! 어얼씨구, 씨구, 씨구, 씨구우."

"어, 지난번 장날에두 오구선?"

그러거나 말거나 빨강코 여자는 수레 위에서 춤추며 흥얼대기 바쁘다.

"자아, 울릉도 호박엿이 왔지라, 왔어어. 이년이 천 리를 마다 않고 울릉도에서 방금 맹글어 온 호박엿이요."

빨강코 여자가 엉덩이를 흔들며 쩔걱가위로 뚝뚝 잘라 맛보기로 공중에 던져 주자, 삽시간에 몇 사람이 원을 그리며 턱을 쳐들고 혀를 빼문 채 손을 뻗는다. 공짜 엿 받아먹는 맛에 그저 희희낙락이다.

市場 · 이

어느 연인. 연인이 만나 온 지 그럭저럭 몇 년째다. 그럭저럭엔 더러 계산이 끼어 있었다. 그러나 서로는 서로에게 순수 그 자체다. 계산은 절대 그럴싸한 인품의 소유자가 취해선 안 될 일이기 때문이다. 이들은 '사랑은 움직이는 거야!' 하는 시쳇말에 절대 동의할 수 없다. 영원불변의 지고지순한 사랑만이 이 세상에 존재해야 한다고 믿는 까닭이다.

어느 날 연인에게 조건과 매우 절친한 계산이 눈앞에서 태풍의 눈으로 덮쳐들었다. 연인은 서로에게 들키지 않기 위해 참을 수 없는 희열을 세차게 누르며 각자 다른 길로 달렸다. 물론 눈물까지 흘리며 혼신을 다해 울부짖는 것도 잊지 않았다.

"구차한 현실이 우리를 갈라놓고 만 거야. 난 널 사랑했고, 앞으로도 영원히 사랑할 거야. 우린 참으로 순수했어."

"미 투."

조건과 매우 절친한 계산을 따라 반대편으로 가는 연인의 발걸음들이 더욱 빨라졌다.

市場 · 삼

어느 성직자.

"사랑은 온유하며…."

두 팔을 벌려 한참 기도하다가 문득 살풋 눈을 뜨고 신자석을 바라보니, 한 사람이 왕눈으로 꿰뚫어보듯 쳐다보고 있다. 찰나에 눈맞춤을 했건만 눈 돌릴 기미조차 보이지 않는다.

'나, 거룩한 성직자야. 그런데 감히 날 째려봐? 신자는 신자다워야지.'

'온유? 사랑? 쳇!'

한 사람은 지난밤 기도 모임에 겨우 기계 앞에서 일하던 손을 놓고 허겁지겁 와서 의자 말미에 엉덩이를 붙이고 앉으려다가 그만 혼쭐이 났다.

"주님을 위한 일인데, 약속 시간을 지켜욧! 그리구 기도하러 올땐 옷차림도 항상 정갈해야 합니다."

한 사람은 정갈한 옷차림의 여러 사람 앞에서 얼굴이 벌개졌었다. 누가 알아주지도 않을, 누구나 타고난 자존심 때문이다.

"이제 예배를 다 마쳤습니다. 옆에 계신 교우님들과 진심을 다해 사랑의 인사를 나누십시오."

교회 안에 거룩한 성직자의 목소리가 낭랑히 울려 퍼진다.

어린이집. 이마에 '甲'의 무늬를 닮은 실주름이 가로 세로로 나 있는 생머리 여자가 사내아이 손을 잡고 어린이집 문을 밀고 들어선다. 눈빛이 서늘하다.

"멋쟁이 오빠 왔쪄요?"

애교부리며 앳된 선생님이 종종종 뛰어나와 무거워 보이는 아이를 덥석 안아 올린다. 어쩔, 기우뚱해 보이는 것도 같다.

"아이 교육은 격조 있게 하셔야 해요. 어린아이에게 오빠라니요?"

격조 있는 여자의 목소리에 압도되어, 집에서 엄마한테 투정 부리며 늦잠을 자도 좋을 나이의 앳된 선생님이 아이를 안은 채 연신 허리를 굽실거리며 잘못했다고 용서 빌기 바쁘다.

"죄송합니다, 죄송합니다. 정말 죄송합니다. 우람이가 하도 우람해서 그만, 웃자고…."

여자는 '甲'자 주름에 실금 하나를 더 만들며 쌩하니 나가는 듯하더니 다시 돌아와 고압적으로 말한다.

"우리 우람이는 고기만 좋아하는 거 알죠? 다른 아이보다 고기를 더 먹여야 해요. 몇 그램 먹었는지 알림장에 써보내 주세요. 아, 참! 나 학부모평가위원인 거 알죠?"

앳된 선생님은 그날 우람이에게 식단에 맞춰 시금치를 비롯해 골고루 잘 먹였다.

'우람이는 오늘 고기를 우람하게 아주 많이 잘 먹었습니다. 어머님, 마침 저울이 고장 났네요.'

꾹꾹 볼펜을 눌러 힘차게 쓰면서, 앳된 선생님은 춤추는 평가에서 제발 낙오되지 않기만을 간절히 빌었다.

市場 · 오

정직한 어린이. 국민(초등)학교 5학년 때 군에서 주최하는 백일장대회에 나갔다.

제목이 '정직한 어린이'였다. 시간은 초조하게 자꾸 가는데 정말 쓸 거리가 떠오르질 않았다. 더군다나 담임선생님은 공부 잘하고 말 잘 듣는 반장을 내보내고 싶었는데, 문예반 선생님이 나를 추천하신 거였다. 조바심에 숨이 턱턱 막혀 오는 듯했다. 머리에 쥐가 나기 시작하면서 번개처럼 한 줄금 길이 보였다.

연필에 침을 묻혀 가며 지어 냈다.

나는 길을 가다가 동전 십 원짜리 한 개를 땅에서 주웠다. 누가 볼세라 나는 얼른 동전을 주머니에 넣었다. 나는 달걀귀신이라도 쫓아올까 봐 도망치듯이 빨리빨리 걸었다. 등에서 땀이 났다. 무서웠다. 나는 사람은 정직해야 한다고 생각했다. 그래서 주인을 찾아 돌려주어야 하나 고민하다가 나는 선생님께 갖다 드렸다.

나는 정직한 어린이로 뽑혀 상을 받았다.

그때 함께 대회에 나갔던 군 내의 남자애들은 백발이 성성해 가는 지금도 나를 글 잘 쓰던 여자애로 솜사탕처럼 추켜세우고 있다. 그 일만 생각하면, 참말인지 거짓말인지 분간할 수 없는 것들이 뒤엉켜 회충이 되어서 목으로 기어 올라오는 듯해 사정없이 헛구역질을 해대는 나를 그들은 알 바가 없다.

* 시장 : 상품으로서의 재화와 서비스의 거래가 이루어지는 추상적인 영역.

섬, 아르와arwah

구십육 세의 그녀가 드디어 갔다. 그가 그녀를 만난 지 육십이 년만이다. 마지막까지 그녀는 매순간 불꽃으로 살다 갔다. 아무리 힘들고 고통스러운 일 앞에서도 그녀는 하루 세 끼 식사를 걸러 본 적이 없고, 타고난 뽀얀 얼굴에 분칠 안 해본 날이 없다. 감기만 들어도 큰일 난 양 한밤중에도 닫힌 약방 문 두드려 약 사다 먹고, 먼 나라 외딴 섬 이곳 아르와에서도 곰국 끓여 몸보신하기를 잊지 않던 그녀가 파파노인이 되도록 그는 그녀를 '멋진 여자'라 불렀다.

화장터에서 그는 그녀가 한줌 재로 변해 나온 상자를 받아드느라 구부정한 등을 더욱 굽혔다. 그 등이 거북의 낮고 둥근 등을 닮았다.

"잘 가시오, 사랑하오."

그는 사랑했었소, 하지 않고 사랑하오, 에 의도적 힘을 주느라 오줌 한 방울이 질금 나왔다. 신체의 모든 기능이 약해져 있는 탓이다.

그는 장례식이 끝난 후, 집으로 돌아왔다. 집에는 그가 혼자 살고 있다.

두 평쯤 되는 작은 방에 들어간 그는 작고 낡은 책상 위에 팔꿈치를 받친 채 무릎을 꿇었다. 노을빛으로 물들었던 서쪽의 창문이 까맣게 어두워 가도록 그는 그렇게 하염없이 무릎 꿇고 앉아 있었다.

이윽고 더디고 더딘 시간이 지나, 소리 나지 않는 말은 어둠의 빛을 타고 연기처럼 날아올랐다. 아르와, 영혼은 흔적으로 눈물 한 방울이 되어 흘러내렸다. '영혼'의 의미를 지닌 이 작은 섬에 흘러 들어와 남몰래 흘리곤 하던 그 눈물이다.

저는 네 아이의 어미를 훔친 죄인입니다.

십남매를 둔, 곤궁한 집의 맏이는 늘 어깨가 무거웠습니다.

천둥벌거숭이의 동생들은 논밭으로 뛰어다니며 메뚜기를 잡아 끼니를 삼기도 하는 그런 날들이 많았지요.

비교적 총명한 두뇌를 가진 저는 읍내 약국에서 심부름을 하며 눈썰미 있게 약국의 일을 터득하게 되었습니다. 얼마 지나지 않아 금방 저는 약방에 취직이 되었습니다. 약사가 없이 약종상 면허만으로 양약을 소매하는 가게를 약방이라 불렀습니다. 그 약방의 주인마님이 바로 그녀였지요. 함경도에서 지체 높은 가문의 고명딸이라 했습니다.

해방을 맞아 곧 이남으로 내려와서 후에 제헌국회 의원이 된 삼촌의 영향을 받은 그녀에게선 천상에서나 맡아 봄직한 향내가 났습니다. 아니, 제가 느꼈던 것이지요.

저는 찰나찰나를 혼미의 늪에서 황홀했습니다. 그녀 또한 그랬습니다.

부모와 동생들을 먹여 살릴 수 있음에 그 근거를 두며 두 눈 질끈 감기도 했습니다. 주변을 살피지 않았지요.

그녀의 남편 또한 찢어지게 가난한 집안에서 나고 자란 사람입니다. 그는 만주 벌판에 가서 노동을 하면 밥은 굶지 않는다는 시류를 따라 열차와 트럭을 번갈아 타고 가다가 두만강 줄기에서 멈췄다고 합니다. 살기 위해 너도나도 모두 보퉁이 들고 나선 탓에 길이 막혀서지요.

그런 그를 일자리 주어 구해낸 사람이 그녀의 삼촌이었다고 합니다. 부지런한 그는 그녀 삼촌의 눈에도 흡족하게 들어 남하하는 행렬에도 앞장을 섰음은 물론이지요. 남한 그 지역에 정착한 이들은 그녀의 남편을 앞세워 그녀의 삼촌을 정가의 인물로 추대했습니다. 읍내의 어린애들에서 어른들에 이르도록 모르는 사람이 없을 만큼 귀감이 되어 저도 잘 아는 일입니다. 그녀의 남편은 보석상에, 시계 점포에, 약방을 갖고 있었으며, 책방을 열어 책읽기만을 좋아한다는 그녀의 오빠에게 맡기기도 했습니다. 그녀의 남편은 그녀 삼촌을 따라다니며 참의원이나 도의원으로 행세하는 일을 가장 즐겨 했고 뿌듯해하는 것 같았지요.

그러다가 그 일이 터진 것입니다.

저와 그녀가 온갖 패물을 챙겨 백일배기 어린아이만 안고 야반도주를 한 것입니다. 전생이 있다면 한 번 와봤을지 모르는 아주 가난한 나라의 아주 작은 섬으로 헤엄치듯 오면서도 힘든 줄을 느낄 겨를이 없었습니다. 그녀의 자녀인 세 아이를 남겨두고서 말이지요. 백일배기 어린아이도 제 핏줄이 아니라는 걸, 아이가 점차 커가는 모습을 보면서 알고야 말았습니다.

저는 그때 혼자 도망치지 못했습니다.

사랑해서일까요?

맞지 않는 이치로서의 도의적 책임 때문일까요?

그녀가 가진 부와 함부로 가져볼 수 없는 대대로 내려온 가문의 눈부심 때문일까요?

하지만 그 찰나, 는 너무 많은 세월 동안 저에게 혹독함을 주었습니다.

생명력이 강철만큼 강한 그녀도 그랬으리라고 믿습니다.

머나먼 섬 이곳 아르와에 사는 동안 그녀의 세 아이들이 한 번씩 다녀갔습니다. 백일배기였던 넷째 아이는 스무 살 되던 해에 영영 제 곁을 떠났지요.

궁핍해 보이는 첫째가 찾아왔을 때 그녀는 말했습니다.

"다시는 나를 찾아오지 말고 당당하게 살아라."

저는 그녀의 당당함에, '멋진 여자'라 말해 주었습니다.

울분에 찬 둘째가 찾아왔을 때 그녀는 말했습니다.

"다시는 나를 원망할 필요 없이 네 뜻대로 살아라."

저는 그녀의 단호함에, '멋진 여자'라 말해 주었습니다.

여리고 여려 보이는 딸이 찾아왔을 때 그녀는 목 놓아 울며 말했습니다.

"다시는 나를 찾지도 말고, 울지도 말고, 행복하게 살아라."

저는 그녀의 여린 모습에, '멋진 여자'라 말해 주었습니다.

그녀에 대한 저의 위로였겠으나 실은 그럴듯한 말로써 숨어버리는 간사함에 지나지 않는 비굴한 저의 말이라 여깁니다.

모두 순간의 미망迷妄에서 비롯된 일이었습니다.

그러나 이제는 측은해서 저 길 어디에선가 헤매고 있을 그녀에게 말해 보려 합니다.

"사랑했었소. 그리고 사랑하오!"

그도 찰나적인 거짓의 말일는지는 알 수 없습니다. 저의 마음이 늘 번민의 늪에서 허우적이고 있는 까닭입니다.

꿈에서라도 사모관대 쓰고 족두리 쓴 앳된 신랑신부이고 싶었습니다.

혹시라도 고독한 영혼의 섬 이 아르와에서, 얼마 남지 않은 죽음의 순간까지 침묵의 시간 안에 머무른다면 비로소 구원의 언덕에 오를 수 있을는지요?

아아. 저는 또다시 끔찍한 사랑을 갈구하고 있나 봅니다. 애써 외면해 왔던, 인간의 사랑이 아닌….

이 낯뜨거운 늙은이의 욕심을 용서하소서. 저의 삶 자체가 절반은 거짓 사랑이었습니다.

새벽의 부우연한 빛이 거북의 낮고 둥근 등처럼 휜 그의 등에 보일 듯 말 듯 내려앉고 있다. *

* 아르와arwah : '영혼'을 뜻하는 인도네시아어.

정 성 환

주모자 선정
최후의 처형

정성환

1995년 단편 〈알바트로스의 날개〉로 동서문학 신인상을 수상하며 등단했다.
단편으로 〈마지막 카피〉, 〈침묵의 소리〉, 〈어제의 시간〉, 〈월말 산행〉 등이 있으며,
창작집 《강구기행》을 냈다.

주모자 선정

정치 경험이 전혀 없고 나이도 어린 자가 대를 이어서 한 나라의 통치자 자리를 차지하게 되었다. 그의 주위에는 모두 자신보다 나이가 많고 정치 경험이 많은 사람들이다. 때문에 그는 자신의 자리를 누가 탈취할까 봐 언제나 불안하다. 언제 누가 정변을 일으켜서 자신을 죽일지 모른다는 불안감에 늘 긴장 상태를 유지하고 있다. 그는 그 긴장을 달래기 위해서 술과 맛있는 음식, 그리고 쾌락에 탐닉하고 있다. 그는 주위의 간부들을 언제나 의심하고 있다. 그래서 걸핏하면 죄가 없는 사람에게 엉터리 죄를 만들어 처형을 한다.

이번에도 세 명이 그를 암살하려 했다는 혐의를 받고 잡혀서 모진 고문과 더불어 자백을 강요받고 있다. 사건은 이렇다. 그가 현지 지도를 나갔다가 돌아오는 길에 그의 차가 지나가는 길의 다리에 폭발물이 터지는 사건이 일어난 것이다. 다리 폭발은 그의 차가 지나고 난 뒤에 일어났기에 지도자는 조금도 다치지 않았다. 이 사건으로 인해 군의 고위 간부 세 명이 사건의 배후 주동자로 지목받고 잡혀왔다.

수사를 담당한 책임자가 말했다. 24시간 이내에 아무도 자수를 하지 않으면 세 명 모두를 처형하고, 수사 책임자인 나도 처형하겠다고 지도자가 말했다고 했다. 혐의를 받고 있는 세 사람은 이 사건과 전혀 관련이 없는 사람들이었다. 그들은 이 사건 자체가 지도자가 자신들을 제거하기 위해서 꾸민 사건이거나, 아니면 자신들과 경쟁 관계인 어떤 세력이 꾸민 음모가 아닐까 하는 의심을 했다.

그렇지만 정말로 지도자에 대한 암살 기도가 있었느냐 조작이냐는 별로 중요하지 않았다. 어차피 합리적으로 법 절차를 밟아서 사건을 처리하는 집단이 아니기 때문이다. 어느 한 사람이 거짓으로 죄를 인정하고 처형을 당하거나, 모두가 당당하게 무죄를 주장하고 모두 처형을 당하는 수밖에 없는 처지였다.

한 사람이 나섰다. 내가 죽겠소. 여기서는 내가 제일 나이가 많으니 내가 죽고 여러분은 살아서 후일을 도모하시오. 아닙니다, 제가 죽겠습니다. 저는 나이는 그리 많지 않지만 사실은 중병을 앓고 있습니다. 중압감에 힘들어 담배를 너무 많이 피워서 폐암이 심합니다. 어차피 오래 살지 못할 것인데 제가 나서겠습니다. 폐암에 걸렸다는 사람 뒤에 마지막 사람이 나섰다. 제가 죽겠습니다. 다들 아내와 자식들이 있는데 저는 아직 결혼을 못 한 몸이니 당연히 제가 죽겠습니다.

그의 말에 처음 나섰던 사람이 말렸다. 그럴 수는 없어. 당신은 미혼이지만 집에 노모가 계시지 않은가. 노모를 두고 당신이 먼저 갈 수는 없지. 그랬다가는 당신의 노모께서 어떻게 되실지 우려스럽소. 그 말에 폐암 환자가 동의했다. 그러자 독신자가 울부짖었다. 그럼 우리 모두 다 죽자는 것입니까? 도대체 어떻게 해야 하나.

현명한 당신의 생각은?

최후의 처형

아시아에 한 나라가 있다. 이 나라의 국가 형태는 아주 독특하다. 사회주의 국가도, 공산주의 국가도, 민주주의 국가도, 왕국도, 입헌군주국도 아니다. 이름만은 그래도 민주주의인민공화국이라고 하는데, 전혀 민주공화국이 아니다. 다른 어떤 나라에서도 그 예를 찾을 수 없는 유일한 국가 형태다. 지구상에 유일한 국가 형태라고 할 수밖에 없는데 독재국가임에는 틀림없다. 그 나라를 아주 나이 어린 통치자가 3대째 권력을 물려받아 통치하고 있었다. 이 어린 통치자는 자신이 너무 어리다는 사실 때문에 국가의 원로 정치인과 군인들이 무척이나 마음에 걸렸다. 그들이 자신을 어리다고 존경하지도 않고, 무서워하지도 않을 것이라고 강하게 의심했다.

그에게는 세 명의 핵심 참모가 있었다. 어느 날 그가 세 참모를 앉혀놓고 의견을 물었다.

"내가 어떻게 하면 저 능구렁이들을 손아귀에 넣을 수 있고 인민들의 존경을 받을 수 있겠는가?"

그중 하나가 대답했다.

"선대의 할아버지 수령님께서 하신 것과 같이 어버이 같으신 위엄과 따뜻하심을 보이시면 부하들은 저절로 따르게 될 것입니다."

또 다른 하나가 말했다.

"아버님 장군님께서 하셨듯이 고급 외제 물품을 선물하시는 것이 가장 효과가 좋을 것입니다. 나이가 많으나 적으나 간부들은 거저 고급 외제 물품이라면 사족을 못 씁니다."

그러자 지도자가 마지막 측근에게 물었다.

"동무의 의견은 무엇이오?"

"지금은 말씀드릴 수 없습니다. 나중에 별도로 말씀 올리겠습니다."

그는 자신감 있게 말했다. 다음에 단둘이 있을 때 그가 묘책을 말했다.

"지금 핵무기 개발에 막대한 돈이 들어가는데 간부들에게 고급 외제품 선물을 한다는 것은 정신 나간 일입니다, 무엇보다도 간부들의 충성도를 잘 측정해서 충성도가 높은 간부들에게는 선물과 진급을 상으로 주고, 충성심이 약하다고 판별이 난 놈들은 무자비하게 숙청을 해야 합니다."

"사람의 마음이라는 것이 눈에 보이는 것도 아닌데 충성심을 어떻게 측정한단 말이오?"

단둘이만 있는데도 그 부하는 주위를 두리번거리며 지도자의 귀에 입을 대고 뭐라고 소곤소곤 말했다. 지도자의 얼굴이 점점 밝아지더니 이야기가 끝나자 손뼉을 치면서 좋아하며 부하의 등을 두들겨 주었다.

그의 주장은 대강 이런 내용이었다. 한 나라의 지도자는 한 가정의 어른과 같습니다. 집안의 어른은 모름지기 위엄이 있어야 하고 무서워야 합니다. 말을 잘 듣지 않는 아이에게 과자나 떡을 주어 달래면 아이 버릇만 나빠지게 됩니다. 못된 아이는 매로 다스려야 어른의 권위가 서고 아이가 복종을 잘 하게 되는 것과 같이 나라의 어른이신 지도자도 무서움으로 인민을 다스려야 합니다.

그리고 무섭게 나라를 다스리는 일이 착착 진행되었다. 그 뒤로 고급 간부들이 지도자에 대한 충성심이 부족하다고 평가되어 처형되는 일이 자주 발생했다. 재판도 없이 단지 지도자에 대한 충성심과 존경심이 부족하다는 이유를 들어 처형하는 것이었다. 그러자 고급 간부들은 이 어린 지도자 앞에서 쩔쩔매는 태도를 보였고 지도자가 연설을 하면 미친 듯이 박수를 쳤다. 이상했다. 그런데도 처형은 계속되었다. 더욱 문제가 심각한 것은 시간이 지나자 간부뿐 아니라 일반 대중들까지도 처형을 한다는 것이었다. 지도자가 참석하는 군중집회에 참석했던 보통 사람들 중에도 집회 참석 후에 충성심이 부족하다는 이유로 잡혀가서 죽임을 당하는 일이 자꾸만 벌어졌다.

그러자 간부들뿐 아니라 일반 인민들까지도 언제 처형을 당할지 모른다는 공포에 떨어야 했다. 게다가 처형의 방법이 너무나도 끔찍했다. 고사포로 쏘아서 시체의 흔적이 하나도 남지 않게 하는 것이었다. 살점이나 뼈가 한 조각이라도 남게 되면 유족이 그것을 가지고 가서 무덤을 만들지도 모르기 때문에 완전히 분해를 해버리는 것이었다. 온 나라가 처형의 공포로 뒤덮였다.

이렇게 무자비한 처형을 주도한 간악한 측근의 간언이라는 것이 참으로 기가 막히는 것이었다. 그가 고안한 방법은 고성능 몰래카메라를 이용하는 것이었다. 나이 어린 지도자와 그의 여동생, 그리고 자신의 몸에 초소형 고성능 몰래카메라를 여러 각도로 부착하고, 대회장의 여러 곳에 몰래카메라를 설치해 모든 사람들의 행동을 촬영하는 것이었다. 대회장에 몰래카메라를 설치한 뒤에 그 기술자들을 쥐도 새도 모르게 처치한 것은 물론이었다. 이렇게 하여 지도자가 있을 때의 간부들이나 인민대회 대의원, 현지지도 시찰 때의 일반 대중의 행동과 표정을 찍어 건성으로 박수를 치거나 손으로는 열광적으로 박수를 치는 것 같아도 표정에서 존경과 충성심이 보이지 않는 사람들을 골라냈던 것이다. 그러면서 다른 한편으로는 지도자께서는 사람을 한번 쓱 보기만 해도 관심술觀心術에 의해 그 사람의 속마음을 알아보는 신통력을 가지고 있다고 거짓 소문을 퍼트렸다. 그것은 오직 세 사람만이 아는 비밀이었다.

그렇게 이상한 소문과 공포가 유령처럼 무섭게 날뛰고 무자비한 처형이 저질러지다가 끝내는 최후의 처형 날이 왔다. 끝없는 처형을 견디지 못한 간부들과 인민이 드디어 봉기한 것이다. 나이 어린 잔인한 지도자와 그의 여동생, 그리고 그 교활한 측근은 물론 비정상적 권력에 빌붙어 악행을 저지른 자들이 그들이 했던 것과 똑같이 고사포에 의해 처형되는 날이 온 것이다.

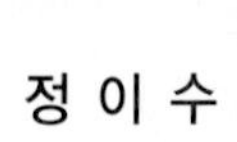

정 이 수

깍두기 남자

리모컨

정이수

2002년 수필 〈월요일 풍경〉으로 《월간문학》 신인상, 2014년 단편소설 〈타임 아웃〉으로 《한국소설》 신인상을 수상했다. 2009년 수필집 《문자메시지 길을 잃다》, 2015년 소설집 《인천, 소설을 낳다》(공저)를 펴냈고, 2016년 소설집 《2번 종점》을 출간했다.

깍두기 남자

손님이 모두 빠져나가고 음악까지 멈춘 카페는 커튼콜이 끝난 무대처럼 적막했다. 싫든 좋든 손님에게 자존심의 반을 내주고 하루를 마감하는 이 시간이면 허탈감과 피로가 한꺼번에 밀려온다. 오늘도 남자는 나타나지 않았다. 오늘은, 오늘은 하며 기다린 지 벌써 일주일째다. 남자가 와야 사과와 함께 거스름돈도 건네줄 수 있을 텐데….

그날, 퇴근 준비를 하는데 한 남자가 가게 문을 밀고 들어왔다. 남자는 텅 빈 가게를 둘러보더니 자리에 앉기도 전에 주문부터 했다. 메뉴를 훤히 꿰고 있는 단골손님처럼 거리낌이 없었다. 스포츠형 짧은 머리에 매서운 눈매, 은근히 상대방을 제압하는 말투까지 외모에서 풍기는 포스가 완전 뒷골목 깍두기였다. 그 기세에 눌려 나도 모르게 얼른 휴대폰부터 챙겨 들었다. 영업이 끝났다고 말하고 싶었지만 입이 떨어지지 않았다.

늦은 밤, 그것도 지하 공간에 낯선 남자와 단둘이 있다는 게 불편하고 긴장됐다. 남자는 술이 고팠는지 안주엔 손도 안 대고 연거푸 맥주만 들이켰다. 어색한 분위기를 깨고 먼저 입을 연 건 남자였다.

"늦은 시간에 여자 혼자 있으면 무섭지 않아요? 더구나 지하에서. 누가 죽어 나가도 모르겠네."

위잉! 머릿속에서 바람 소리가 났다. 대놓고 공포 분위기를 조성하는 손님은 처음이었다. 뭐지 이 남자. 혹시 강도? 태연을 가장하고 대꾸할 말을 찾는데 진땀이 삐질삐질 났다.

"무섭긴요. 이 건물엔 비상연락망이 있어 벨만 누르면 돼요. 채 1분도 안 돼 달려올 걸요. 세콤보다 더 빨라요. 아무렴 안전시스템도 없이 장사할라구요."

내 거짓말에 남자는 고개를 끄덕이며 말했다.

"아무리 그래도 긴장의 끈을 놓으면 안 됩니다."

"그럼요. 지금도 저 데리러 남동생이 오는 중이에요."

말꼬리가 이어지고 술자리가 길어지자, 남자는 자신을 사설 경호원이라고 소개했다.

"이 동네로 이사 온 지 한 달 조금 넘었는데 아직 단골 술집을 정하지 못해서요."

남자는 우리 가게가 마음에 드는 눈치였지만 나는 어서 나가 주기만 바랐다.

"맥주 한 잔 하실래요? 손님도 없는데."

손님에게 자주 써먹는 멘트가 자동으로 나갔다.

"아뇨, 근무시간에는 술을 마실 수가 없어요. 사장님이 아시면 바로 해고거든요."

"사장님 아니었어요?"

나는 침착하게 말했다.

"사장님은 방금 들어가셨어요. 저도 마악 문 닫으려던 참…."

말을 마치기도 전에 남자가 빙그레 웃으며 수표 한 장을 내밀었다.

"어머! 지금은 거스름돈이 없는데. 사장님이 정산하면서 잔돈만 남기고 가셨거든요."

"이런! 초면에 외상으로 할 수도 없고…."

지갑을 뒤적이며 구시렁대던 남자가 위조 수표가 아님을 증명하듯 불빛에 수표를 이리저리 비춰 보였다. 그런 행동이 더 수상했다. 이런 일을 한두 번 당한 게 아니었다. 정중하게 수표를 거절하면서도 기분 상한 남자가 혹시라도 해코지를 할까 봐 조마조마했다. 난처한 표정으로 머뭇대던 남자는 아무 때나 지나는 길에 들르라고 하자, 내일 꼭 오겠다며 가게 문을 밀고 나갔다. 곧바로 출입문을 잠근 뒤 휴우, 안도의 한숨을 쉬었다.

남자가 앉았던 테이블을 정리하는데 의자에 수표가 떨어져 있었다. 실수로 흘렸는지 쓸모없어 버린 건지 알 수 없었다. 시간은 어느새 토요일에서 일요일로 넘어가고 있었다.

남자가 다녀간 지 벌써 일주일째다. 조회를 해보니 그 수표는 위조 수표가 아니었다. 얼굴이 뜨거웠다. 흘린 게 아니라 두고 간 듯한 수표 때문에 오늘도 나는 거스름돈을 안고 그를 기다린다. 사과할 기회가 있기를 바라면서 깍두기 남자를 기다린다.

리모컨

정수 씨가 달라졌다. 정시 퇴근을 하는 것은 물론 취침시간이 아홉 시에서 두 시간이나 뒤로 물러났다. 9시 뉴스가 끝나면 코를 골던 사람이 열한 시가 넘도록 손에서 리모컨을 놓지 않았다. 말장난한다며 채널을 돌리던 예전과 달리, 개그 프로는 물론 주말 드라마까지 놓치지 않았다. 나이 들어 생긴 신체적 변화인지, 아니면 약의 효능이 100% 주효한 것인지 알 수 없어도 아무튼 신기한 일이었다.

1년 365일 중 360일을 소주병을 끼고 사는 정수 씨였다. 병원에 가서 검사해 볼 것도 없이 누가 봐도 알코올중독이 확실했다. 그나마 다행인 것은 직장생활을 소홀히 하지도 주사를 부리지도 않는다는 거였다. 종종 명자 씨가 이혼을 들먹이며 겁을 주어도 정수 씨는 눈 하나 깜짝 안 했다. '날씨야 네가 아무리 추워 봐라 내가 옷 사입나 술 사먹지.' 이야말로 정수 씨에게 딱 어울리는 시였다.

속이 터지는 건 아내 명자 씨였다. 그동안 정수 씨의 금주를 위해 안 해본 게 없었다. 취한 척하며 술주정도 해보고, 퇴근하는 남편을 회사 정문에서 납치하다시피 끌고 오기도 했다. 그러다 한계에 부딪쳤다. 잔소리하고 육탄전을 벌이는 것도 한두 번이지 안 되는 건 안 되는 거였다.

될 대로 되라는 식으로 방치하자 막내 시누이가 나섰다. 시누이는 자신의 경험담을 들려주며 알코올중독 전문병원에 입원을 시키든가, 그게 어려우면 술 끊는 약을 사서 먹여 보라고 했다. 본인이 직접 병원에 가서 전문의와 상담하고 치료를 받으면 좋지만 그게 여의치 않으면 증상을 얘기하고 가족이 대신 가서 약을 타와도 된다고 했다. 명자 씨는 지푸라기라도 잡는 심정으로 시누이의 조언을 따랐다.

"이거 종합비타민제야. 나이 먹으면 부족한 영양을 보충하기 위해 영양제를 먹어 줘야 한대요. 이제 나이도 있으니 거르지 말고 하루에 한 알씩 꼭 드세요."

"요즘 사람들은 영양과잉에 건강염려증까지. 암튼 내 생각 해서 사왔다니 잘 챙겨 먹을게."

술 끊는 약을 영양제로 알고 꼬박꼬박 챙겨 먹는 남편을 볼 때마다 명자 씨는 만세라도 부르고 싶었다. 그런데 얼마 지나지 않아 남편에게 이상 증세가 나타나기 시작했다. 금단 현상인지 손발을 떨고 식은땀을 흘리면서 불안해했다. 갑작스러운 변화에 불안한 건 명자 씨도 마찬가지였다. 약을 내다 버리고 싶었지만 그랬다가는 그동안 남편을 속인 일이 들통날 것 같아 이러지도 저러지도 못하고 속만 끓였다. 남편의 건강을 위해 시작한 일이 남편을 병자로 만든 꼴이 됐다. 시누이는 그 과정을 거쳐야 한다며 걱정 말고 더 지켜보라고 했다. 그럼에도 힘들어하는 남편을 볼 때마다 괜한 짓을 한 것 같아 미안했다.

퇴근해 돌아온 정수 씨 손엔 여전히 리모컨이 들려 있다. 간식타임, 명자 씨는 맥주잔에 소주를 따르고 얼음을 채워 과일과 함께 남편 앞에 내밀었다. 아이들은 얼음물로 알았을 것이다. 갈증이 났는지 과일보다 물잔에 먼저 손이 간 정수 씨 표정이 갑자기 환해진다. 명자 씨를 바라보며 눈까지 찡긋해 보인다. 리모컨의 버튼은 티브이 채널이 아닌 17.8도 이슬로 채워진 투명 유리잔에 고정됐다. 오늘 정수 씨의 불안지수는 얼음에 희석된 소주처럼 순할 것이다.

최 서 윤

너는 내 운명
바람에게 물어봐

최서윤

1996년 《소설과 사상》으로 등단했으며, 창작집으로 《길》이 있다.

너는 내 운명

그는 대학 3학년 때 회계사 시험에 붙었다. 잘생긴 외모에 졸업 후 창창한 앞날 때문에 주변에 여자들이 많았다. 어머니가 연애는 맘껏 하되 결혼은 꼭 그녀가 정해준 여자와 해야 한다고 못을 박았다. 휴일에 대구에 사시는 어머니가 선을 보러 내려오라고 했다. 전날 마신 술이 덜 깨서 머리가 띵했지만 갖은 고생을 하며 그를 키운 홀어머니의 말을 거역할 수 없었다.

기차의 좌석을 확인하고 나서 자리에 앉자마자 잠이 들었다. 대전을 지나서 이상한 기운에 눈을 떠보니 옆자리에 그림같이 예쁜 여자가 그림을 그리고 있었다. 그는 꿈인가 생시인가 눈을 비비고 다시 보았다. 그녀는 살아 있는 사람이라고 믿어지지 않을 만큼 미인이었다. 그는 대구에서 내리지 않고 그대로 앉아 있었다. 그 자리의 좌석표를 들이대는 남자에게 자리를 내주고 일어나서 그를 쏘아보며 여자 앞에 바짝 붙어 서 있었다.

그날 그가 부산까지 따라 내려간 여자는 절에서 살고 있었다. 그와 동갑내기로 부산에 있는 미대에 다니고 있는 그녀는 고아였다. 어려서 그녀를 데려다 돌본 엄마 스님은 승려로 키우라는 주변 스님들의 말을 듣지 않고 공부를 시켰다. 가녀린 몸매에 긴 생머리, 깊은 산중에서 나는 고적하고 신비로운 분위기를 풍기는 눈빛으로 그림을 그리는 미녀는 그의 넋을 빼놓았다. 이름까지 신비롭고 함초롬한 미모에 딱 어울리는 이슬이었다. 그는 오이슬이라는 이름 대신 영롱한 미모에 신비로운 분위기의 그녀를 '산이슬'이라고 불렀다. 그녀의 집이 산에 있기도 했지만 그에게 그녀는 '살아 있는 이슬'이기 때문이었다.

* * *

그들의 결혼은 쉽지 않았다. 어떻게 키운 아들인데, 남들 못 들어가는 대학에 들어갔고, 남들 못 가지는 직업을 갖게 돼 내로라하는 집안의 며느릿감이 줄을 섰는데, 어떻게 절에서 자란 천애고아를 며느리로 맞으란 말이냐? 어머니가 죽기 살기로 말리는 바람에 그들은 세 번이나 만났다 헤어지기를 반복했다. 네 번째 다시 만났을 때 그녀가 덜컥 애를 배는 바람에 결혼을 했다. 시어머니의 냉대는 결혼 후 아이까지 낳았어도 며느리로 생각하지 않을 만큼 가혹했다.

그래도 서울 변두리 빌라에 월세를 얻어 시작한 신접살림은 연년생인 둘째 딸을 낳은 뒤에 전셋집으로 옮겨 앉을 만큼 불어났다.

회계사 사무실을 차려놓고 또 다른 사업을 벌여서 왔다갔다하던 그가 어느 날 이혼을 하자고 했다. 전셋집이 그들의 집이 된 직후였다. 힘든 고비를 넘겨야 하는데 그동안 집을 지켜야 한다고 했다. 그녀는 그의 말대로 여기저기 도장을 찍고 이혼을 했다. 그는 쫓아다니는 빚쟁이들 때문에 집을 떠나야 한다고 했다. 어려운 일들이 해결되면 돌아오겠다고 했다.

남편이 돌아오기를 기다리고 있던 그녀에게 들려온 소식은 그가 부잣집 딸과 결혼했다는 거였다. 위자료는커녕 두 아이 키울 양육비도 받지 못하고 달랑 빌라 한 채에 두 아이가 딸린 그녀는 남자에게 악다구니치는 것을 구경도 못 하고 자란 데다가 대신 나서서 싸워 줄 친정 식구도 없었다. 친구들을 찾아가 상의하는 대신 자신의 처지가 부끄러워 그들과 연락을 끊었다.

집을 팔아서 전셋집으로 옮겨 앉고 남은 돈으로 두 딸과 생활을 했다. 둘째 딸이 젖을 떼고 걸음마를 시작할 무렵 전셋집 거실을 예쁘게 꾸며서 동네 아이들에게 그림을 가르치기 시작했다. 세상살이에 대해 아무것도 모르던 그녀는 아이들이 초등학교에 들어갈 무렵 전남편에게서 아이들 양육비를 받아낼 수 있다는 것을 알게 되었다. 오 년 남짓 부자로 살고 있는 전남편으로부터 매달 받은 양육비는 법으로 정한 최소 액수였다. 몇 달 동안 돈이 끊겨서 알아보니 그는 또다시 이혼을 하고 미모의 어린 여자와 결혼을 한 뒤였다. 다시 보내오던 돈줄이 완전히 끊긴 것은 이 년 뒤였다. 그는 결혼한 지 이 년 만에 쫄딱 망해서 이혼하고 알거지가 돼 있었다.

중학교 때부터 대학까지 돈이 한창 들어갈 때 혼자 두 아이를 떠맡게 된 그녀는 집 안에서 그림만 가르치며 앉아 있을 수 없었다. 밤을 새는 입시학원 알바도 뛰면서 돈이 되는 일이라면 닥치는 대로 해 두 딸을 키워 냈다.

* * *

그렇게 십 년을 보내고 오십대 중반에 거울 앞에 앉자 그녀는 대학 당시 못생겼던 친구들보다 볼품없이 변해 있었다. 친구들이 곱게 물든 단풍처럼 촉촉했다면 그동안 세파에 시달리며 십 년이나 더 늙은 그녀는 가랑잎처럼 버석거렸다.

집 떠난 지 이십 년 만에 전남편이 돌아온 것은 그때였다. 어느 날 아파트 경비 아저씨가 웬 거지가 와서 사모님을 찾는다고 인터폰을 넣었다. 집 안에 들어온 그는 노숙자 냄새를 풍겼다.

"이제, 돌아왔어."

"나는 거짓말쟁이를 기다린 적 없어!"

"거짓말하지 마. 너는 나를 기다렸잖아. 아니면 왜 지금껏 혼자 살았니? 네 기다림이 내 삶을 방해했나 봐."

"아이들 키우느라 정신이 없어서 부처님이 살아 돌아오셨어도 못 만날 지경이었는데 너 같은 거짓말쟁이를 왜 기다려?"

"이슬아, 그러지 말고 우리 '처음처럼' 다시 시작하자. 이제 보니 넌 오이슬도 아니고, 산이슬도 아니고 '참이슬'이었어."

바람에게 물어봐

간밤에 베짱이 남편이 돌아오지 않았다. 개미 부인은 창밖을 내다보았다. 겨울 아침이 안개 속에서 희뿌연하게 밝아 있었다. 청명했던 아침에 안개가 자주 끼게 된 것은 봄기운이 가까워지고부터다.

마당에 서 있는 단풍 나뭇가지가 누군가 털어낸 듯 깨끗했다. 가을바람에 빨갛게 물든 잎사귀들이 떨어질 때, 바짝 오그라져 붙어 있던 가랑잎들이 겨우내 세찬 바람에도 떨어지지 않고 달려 있었다. 개미 부인은 외투를 입고, 모자를 쓰고, 목도리를 감고서 마당으로 나왔다. 단풍나무 가지를 세심하게 살펴본 개미 부인은 가랑잎이 달려 있던 가지에 뾰족하게 올라온 연두색 촉을 보았다. 그녀는 지난 가을, 단풍나무가 불꽃처럼 타오르던 때를 회상했다.

찬바람이 불어오기 시작하자 베짱이들은 개미 동네를 기웃거리기 시작했다. 베짱이들의 꿈은 매일 동냥 자루를 들고 이집 저집을 찾아다니는 신세에서 벗어나 마음씨 좋은 귀족 개미집에 머물며 겨울을 나는 거였다. 평민 개미들이 봄, 여름, 가을에 일을 해 모아 둔 양식으로 겨우 겨울을 버틴다면, 귀족 개미들은 넉넉한 재산으로 집 치장을 하고, 뭘 먹으러 다니고, 공연 보러 다니고, 파티를 하면서 시간을 보냈다.

개미 아가씨 집은 아버지가 돌아가시고 나서 형제들이 새로운 사업을 벌일 때마다 선대에서 물려받은 재산이 줄어들었다. 남들은 커다랗고 멋진 집을 지니고 사는 그들의 속사정을 알 수 없었다. 형제들은 각자 살 길을 찾기 위해 헤어져 살기로 했다. 큰 집에 혼자 살고 있던 개미 아가씨가 베짱이를 만난 것은 바로 그때다.

오랫동안 외로웠던 개미 아가씨는 베짱이의 구애가 반가웠다. 노는 데 선수인 베짱이의 달콤한 밀어는 그녀의 넋을 빼놓기에 충분했다. 귀족 개미 집에 가뿐하게 들어온 베짱이는 떠돌아다니는 고단함 대신 그 집에서 개미처럼 정착하기로 했다. 그해 가을 개미 부인과 베짱이 남편은 개미집의 남은 양식을 파먹으며 꿈같은 신혼 시절을 보냈다.

몰락하는 개미 집은 겉만 번지르르했지 양식이 많지 않았다. 그래도 베짱이는 갈망하던 멋진 집에 만족했다. 시간이 지나면서 그들은 떨어져 가는 양식을 걱정하기 시작했다. 할 수 있는 것이 노는 것밖에 없는 베짱이는 놀이터를 만들자고 했다. 놀이터라니, 개미 부인은 원로 개미한테 야단을 맞을 것 같아서 멀리 떨어진 숲 속 마을로 이사를 갔다. 그곳에 '베짱이 놀이터'를 차려놓고 놀러오는 개미들에게 입장료를 받기로 했다. 그들의 예상과 달리 찾아오는 개미들이 없었다. 개미 부인은 옛 친구들에게 놀러오라고 편지를 보내기 시작했다.

"그 먼 '베짱이 집'에 누가 찾아가? 저녁 한 끼만 배부르게 먹여 주면 하룻저녁 신나게 놀아 준다고 찾아다니는 베짱이들이 매일 저녁 문을 두드리는데."

대부분의 개미들은 콧방귀 뀌었지만 마음 착한 개미들이 찾아가 그들에게 빵을 주고 왔다. 그들은 인사치레로 한 번 왔다 갈 뿐이었고, 지속적인 도움을 줄 수 있는 원로 개미는 그녀가 베짱이와 도망간 것을 노여워하고 있었다. 그는 그녀가 잘못을 사죄하고 베짱이를 떼어 버리고 돌아오면 받아준다고 했다. 잘 노는 베짱이와 사는 재미에 푹 빠진 개미 부인은 그 말을 듣지 않았다.

어느 날 양식이 떨어졌다. 베짱이 남편이 양식을 구해 온다며 예전에 지고 다니던 동냥 자루를 찾아 메고 개미 마을로 갔다. 그의 노는 솜씨는 일류라서 그날 저녁 충분한 빵을 얻어 왔다. 빵이 집안 가득 쌓여 갔으나 날마다 집을 나선 베짱이는 밤늦게 돌아왔다.

어제 베짱이 남편은 개미 부인과 크게 싸우고 나갔다.

"나의 충실한 베짱이가 되겠다던 그때 그 약속 어디로 갔나?"

실험 장르
: 미니픽션 희곡

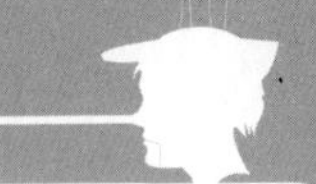

윤 신 숙

배도俳桃

배도 俳桃

* 조선시대 문인 권필(1569~1612)의 <주생전>을 바탕으로 400여 년이 흐른 2016년, 네 사람이 회고하는 희곡 한마당을 펼쳐 본다.

궁중음악 수제천壽齊天이 연주된다.

줄거리

주생은 총명하였으나 과거에 번번이 낙방하여 꿈을 접고 장사를 하던 중 고향인 전당錢塘에 도착한다. 그곳에서 젊을 적 친구인 기생 배도와 재회, 배도는 주생에게 좋은 짝을 구해 주겠다고 한다. 어느 날 주생은 배도의 시를 읽고 연정을 품는다. 배도는 다가오는 주생에게 입신양명하여 자신을 기적妓籍에서 빼줄 것과 자신을 버리지 않겠다는 맹세의 글을 요구한다. 주생은 배도의 모든 요구를 수용, 둘은 행복한 나날을 보낸다.

어느 날 배도가 노 승상 댁 부인 잔치에 참여, 주생도 따라나선다. 시간이 지나도 배도가 나오지 않자, 주생은 노 승상 집으로 들어간다. 그곳에서 노 승상 딸 선화를 만나며 연정의 이동과 삼각관계가 형성된다. 그는 배경 좋고 재산 많고 아름다운 이상적인 여인, 선화를 본 이후 배도에 대한 애정이 식어 간다. 노 승상 댁에서 주생에게 아들 국영의 교육을 의뢰, 선화와의 연결 실마리를 확보한다. 주생은 국영 교육의 효율성을 위해 노 승상 댁 별채로 들어간다. 배도는 주생을 의심하나 그는 국영의 교육과 서책 열람을 위한 것이라고 강조한다. 배도는 주생을 다시 한 번 믿는다.

주생과 선화의 새로운 관계가 시작된다. 늦은 밤 주생은 선화의 거처로 잠입하고, 선화 역시 그를 어떠한 조건 없이 수용하여 인연을 이룬다. 배도와 선화의 신경전 역시 이어진다. 배도는 주생에게 노 승상 댁 부인께 사실을 알리겠다며 최후의 통첩을 한다. 주생은 반항했으나 할 수 없이 배도의 처소로 돌아온다. 하지만 선화에 대한 상사병을 앓고, 배도 역시 깊어진 병으로 결국 생을 마감하고 만다.

우연인지 노 승상 댁 아들 국영도 병으로 죽고, 배도는 주생에게 선화와 혼인하라는 말을 남기고 죽음을 맞는다. 주생은 배도의 장례 후 호주湖州로 돌아간다. 주생과 선화는 모두 상대를 향한 상사병을 앓다가 우여곡절 끝에 두 가문에서 혼인을 허락해 그해 9월로 길일을 잡지만, 임진왜란으로 기약 없는 이별을 맞는다. 주생은 명나라 구원병에 차출되어 조선으로 파병되고, 소설은 주생과 선화의 생사가 불확실한 열린 결말로 끝난다.

2016년 10월에 다시 만난 네 사람

우리 얘기 좀 해요

장소 : 어디든 좋다.

음악 : 헨델의 〈나무 그늘 아래서〉

배도 : 청산은 결코 늙어 없어지지 않고

푸른 물은 항상 그곳에서 흐른다.

그대가 나를 믿지 못한다면

하늘에 있는 밝은 달이 보고 있다.

야, 주생~ 네가 내게 건네준 이 거짓말 시 기억 나?

주생 : 알지, 하지만 그때는 어디 기댈 데도 없고 막막하던 차에 예쁜 너를 만나 도움까지 받아 너무 좋았지. 더구나 인생의 슬픔을 알아차린 네 시 '비파로 상사곡일랑 타지 마시오~ 음악 소리 높아지면 내 마음은 또 끊어져요~ 꽃 그림자 주렴에 가득한데 임은 없어~ 올 봄 몇 날 밤을 지새웠던가?'에 더더욱 반하여 그런 답례를 할 수밖에 없었어.

배도 : 내가 어리석었지, 가난뱅이 선비 장원 급제시켜 기생 생활 접고 고관대작 부인 꿈을 꿨으니….

주생 : 네게 빌붙어 살면서도 과거 급제에 대한 조건 땜에 나도 엄청 부담스러웠었어. 그리고 너랑 재밌게 살다 보니 공부하기도 싫어졌고….

배도 : 손님들과 춤추고 노래하는 기생이 되었지만 돌아보니 오래할 일은 아니라고 생각했지. 그들과 근사하게 인생 이야기나 하고 싶었지만 그런 남정네는 드물었고, 더구나 남의 첩살이는 죽어도 싫었어.

주생 : 나도 너랑 즐기며 어느 정도 살다 보니 이상하게 즐거움이 권태로 바뀌더군. 다시 과거시험을 봐야 된다는 불안

감도 엄습하고.

배도 : 권태? 너 말 잘했다. 네 자존심 생각해서 표현은 못 했지만 너랑 놀다 보니 돈도 떨어졌고 그 지긋지긋하던 기생질이 다시 슬그머니 떠오르지 뭐야. 마침 노 승상 댁 부인 잔치에 초대되어 은근히 기뻤지. 그 댁 잔치는 품위도 있고 갈 때마다 바람처럼 쓸쓸해 보이던 그 집 아들 국영과도 뭔지 모를 마음을 주고받았거든.

주생 : 그랬구나. 나도 네 덕에 편하게 살았지만 고마움보다는 주눅이 들었지. 또 네가 승상 댁에 가서 혹시 다른 남자들과 즐기는 것이 아닌가 생각하니 질투가 안 나겠어? 그날 기다려도 기다려도 네가 나오지 않아 담 넘어 들어갔었던 거야. 근데 거기에 선화가 있지 않았겠어? 글에서나 보던 선녀가 서 있더군. 마치 내 안의 비굴한 면모들이 사라지고 본래의 나를 만난 듯 황홀했지.

배도 : 승상 댁 아들 국영 또한 신묘한 자태를 풍겼지. 나이 어린 미소년이었지만 도인처럼 의젓하기도 했어.

주생 : 선화, 그녀도 걸림 없이 있는 그대로의 빛으로 내게 다가왔지. 우린 왜 그들 남매에게 반했을까. ~ 하하하.

배도 : 배신감에 네 거짓말을 탓하며 나쁜 놈이라고 몰아쳤지만 사실은 일찌감치 기생에 입문하여 여러 남정네를 만나며 사내들이란 다 그럴 수 있다는 걸 많이 봐왔기에 그럴 수도 있겠다 했지.

주생 : 나도 내가 의리 없이 왜 연정에 빠졌는지 알 수 없었어. 먼저도 얘기했지만 아, '사람이라면 저렇게 맑아야 하지 않을까'라는 생각에….

배도 : 그 시절 내가 배신감에 흘렸을 눈물은 400여 년이 지난 지금도 앙금으로 남은 듯. (호호, 농담) 지나 보니 나도 조건 없는 사랑을 국영과 마음으로 나눈 것 같고, 너와는 우정이었던 것 같아.

주생 : 되돌아보니 앞뒤 안 가리고 사랑만을 좇았으니 네게는 물론이고 노 승상 댁 부인과 우리 부모에게도 걱정을 끼쳤지. 그래도 넌 너그러웠어. 치료도 못 받고 화병으로 죽어가면서 내게 선화랑 혼인하라고 유언까지 하고….

배도 : 국영이 알 수 없는 병으로 요양 갔다는 소식 듣고 나는 두 남자를 잃은 슬픔에 잠겼었지. 그때 기방 선배들이 누누이 말하기를 '꽃들을 보거라~ 언젠가는 시들지 않느냐. 너희들의 외모와 젊음이 지금은 싱그럽지만 그 또한 시들어 가는 법. 시듦을 넘어 사람다워지는 방법은 포용과 관용을 실천하며 사는 것'이라고 일러 주셨어. 그때는 귓등으로 흘렸는데 배신당하고 보니 틀린 말이 아니더군.

주생 : 여자들을 존중해! 날 용서해 줘.

나, 국영은 삶을 회의했다

왜 우리는 이것저것 꾸미고 거짓부렁을 범하고 사는가? 왜 우리는 서로 하나 되어 살지 못하는가? 우리를 둘러싸고 있는 사물들 탓에 시비를 걸고 차별을 짓느라 본성대로 살지 못하는 것이다. 열자는 이 우화에서 사물事物을 중심으로 지인至人을 물었고, 관윤은 본성本性을 들어서 지인을 밝혀 주고 있다. 몸이란 사물이다. 몸은 물속으로 들어가면 빠져 죽고 불 속으로 들어가면 타 죽는다. 그러나 몸이 아닌 마음은 물속에도 들어갈 수 있고 불 속에도 들어갈 수 있다. 정신의 입장에서 보면 은하수를 찾아가 노닐 수도 있다는 말이다. 이런 마음 자체性가 시비를 버리고 차별을 떠난 마음이라는 기운氣運이다. 이런 마음가짐氣運을 일러 자연自然이라고 불러도 된다. 그런 마음가짐은 만물을 하나로 보고 맞이하는 까닭이다.

- 장자의 달생達生 중에서

배도, 그녀는 가끔 집안잔치 때 보았다. 하늘하늘한 허리에 장구를 메고 북을 두드리며 맴돌던 그녀의 춤을 보았을 때 나는 가락과 손놀림에 반했다. 과거시험에 매달려 머리가 피곤할 때 음악을 들으면 신명이 났다. 그녀 또한 사랑의 대상이건만 그녀와 사랑을 나눈다는 것은 곧 시들 거라는 예감으로 마음을 전하진 않았다.

내 나이 비록 어리지만 나는 아주 먼 원시적인 곳에서부터 환생을 반복한 것 같다. 그래서 잠깐의 열정으로 뻔한 사랑을 하고 싶지 않았다. 장자를 공부하면서 그것은 더 선명해졌다. 낮에는 뜬구름을 보며, 밤에는 달이 변하는 것을 즐기며 보냈다. 바람의 씨앗이었던가. 아버지가 승상이라 편안한 삶을 누렸지만 감옥같이 답답했다. 더구나 아버지의 이른 죽음 이후 생과 사에 대해 골몰하였고, 결국 삶에 대한 열정은 나날이 식어만 갔다. 약골이라 가족들은 보약이다 요양이다 온 신경을 썼지만 솔직히 생에 대한 열정이 없었다. 집안에서는 병으로 죽은 줄 알지만 사실 나는 스스로 목숨을 끊은 것이나 다름없다.

지금 생각하니 그 당시의 나는 외계인이었던 것 같다. 희미하게 지금까지 배도의 장구 소리와 노랫가락이 들려오는 것은 왜일까.

나, 선화는 흐르는 물이었다

우리 집 봄 정원은 화려했다. 나비의 춤과 새들의 합창은 이팔청춘에 임이 없는 나를 오히려 외롭게 했다. 알 수 없는 임에 대한 그리움이 부풀었다. 담 밖의 세상이 궁금했다. 자유롭게 나다니지 못하고 하늘만 쳐다보고 한숨짓던 날이 얼마만큼이었나. 탕현조의 《모란정》에서 꿈속 사랑밖에 나누지 못하는 두 여랑의 처지가 나와 똑같았다. 간절한 마음이 주생께 전해졌는지 기적같이 그는 내게로 다가왔다.

나는 무조건 사랑을 받아들였다. 그가 배도와 동거한다는 사실도 몰랐다. 잔치 때 우리 집에 온 그녀는 내 부러움의 대상이었다. 가무에 시까지 읊는 재주꾼이라 모두들 좋아했다.

배도도 죽고, 나와 주생과의 사랑이 영원할 것 같았지만 그는 파병되고 절개를 지킬 것 같던 나는 기다림을 견디지 못하고 다른 사람과 결혼했다. 첫사랑의 이별이 안타깝긴 했지만 정으로 두터워진 고관대작 부인으로, 오남매의 엄마로서의 삶도 아름다웠다. 다가오는 삶을 어찌 거역할 수 있겠는가. 내 동생 국영은 하늘의 아들이었고, 나는 땅의 어머니였나 보다. 주생은 나라의 아들이었고, 배도는 살아 있는 사람들에게 포용을 베푼 자유로운 여인이었다.

네 사람 이야기 듣고 나도 한마디

뜬구름 : 거짓말했다고 죄책감 갖지 마. 뜬구름도 구름이듯 거짓도 삶이다.

꽃 : 그대 눈에 화사했지만 어느 순간 시들어 떨어지니 나도 꼭 거짓말한 것 같아 속상해.

피아노 : 거짓말하기 싫어서 기계음만 낸다.

개 : 거짓말이라도 좋으니 한마디라도 해보았으면…. (킁킁)

눈보라 : 내가 언제 지상에 내렸는지…?

빛 : 거짓말 일삼는 사람이라도 내 몸을 갖고 싶어.

춤 : 무아지경, 순간뿐인 거짓말. (그래도 좋아) 어화둥둥~

술 : 아, 시간을 넘나드는 위로라는 거짓! 그럼에도 애주가들과 절친.

미니픽션 신인 작가를 추천하며

2004년 한국미니픽션작가모임이 창립된 이래 어느덧 12년의 세월이 흘렀고, 그동안 8권의 미니픽션집을 발간하였다. 그 가운데에는 '세종도서'로 선정되어 미니픽션이 한국문학의 한 장르로 자리매김하고, 발전 가능성을 열어 주기도 하였다.

이번에 '거짓말'을 주제로 제9집 《거짓말을 삽니다》를 간행하면서 함께 미니픽션에 대하여 연구하고 작품을 나누었던 세 분의 작가를 추천하여 함께 싣는다. 이성우의 〈바보 문어〉와 〈거울귀신과 보물탐험대〉, 이현신의 〈별 그림자〉와 〈최후의 승자〉, 정혜영의 〈공범〉과 〈이중주〉가 그 해당 작품들이다.

이들은 지난 수년간 미니픽션 정기모임을 함께하면서 열심히 미니픽션을 써온 분들이다. 미니픽션이 갖춰야 할 압축미와 서사성은 물론, 시대를 꿰뚫어보는 통찰력까지 두루 지니고 있는 작품을 보여주고 있다. 세 분 모두 더욱 정진하여 미니픽션 저변 확대와 예술적인 발전에 창의적 기여를 하기 바란다.

이번 9집을 통해 추천되지 못한 분들께는 아쉬움을 전하며 더욱 분발하여 제10집에서 함께할 것을 기대한다.

한국미니픽션작가회 회장 이진훈
추천 심사위원 (노순자·구자명·안영실·김민효)

추천 신인 작품

이 성 우

바보 문어

거울귀신과 보물탐험대

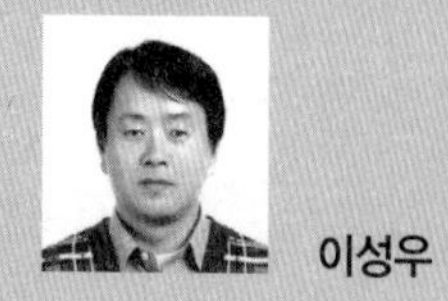

이성우

대학에서 임상심리학과 명리학을 공부했다. 철학동화를 쓰고 있으며, 동화책으로 《선글라스를 낀 개구리》가 있다.

바보 문어

서울에서 속초로 가다 보면 설악 줄기에서 솟아난 거대한 바위산을 만나게 된다. 바로 울산바위다. 울산바위가 눈에 들어오는 건 이제 긴 여정이 얼마 남지 않았다는 것을 의미한다. 30여 개의 크고 작은 봉오리를 거느린 이 바위산은 그 외양이 웅장하고 아름다워 눈이 즐겁고 종착역을 알리는 이정표라 마음이 설렌다.

"야! 드디어 울산바위다. 다 왔다."

"볼 때마다 참 멋지거든."

산과 종희의 호들갑에도 병태는 톡을 하느라 휴대폰 화면에 몰입해 있다. 드디어 버스가 터미널에 다다르자, 기지개를 켜며 세 사람은 차에서 내렸다. 톡에만 열중해 있던 병태는 차에서 내리자마자 화장실을 찾았다. 종희는 돌아가는 표를 알아보겠다며 터미널의 매표소로 향했다. 덩그러니 남아 담배를 피워 문 산의 눈에 우습기도 하고 약간은 황당한 풍경이 들어온다.

"아저씨 때문에 우리 개가 똥을 못 누잖아요! 똥을!"

"아니… 저는 뭐… 그냥 조금 쳐다본 건데…."

"아저씨는 누가 쳐다보면 똥이 나와요! 안 그래도 요즘 통 똥을 못 눠서 힘들어하는 앤데. 저리 가세요!"

구멍가게 앞에서 커다란 덩치에 짧은 머리를 한 조폭 스타일의 한 사내가 주인아주머니에게 애꿎은 야단을 듣고 있다.

"어~ 재우야! 언제 왔냐?"

가게 아주머니에게 야단을 맞고 서 있던 사내가 반색을 하며 병태에게 다가온다.

"한 30분 전에 왔지. 형네는 지금 도착했어요? 같이 오신다는 분들은?"

"바로 옆에. 하하. 형, 여기 인사하세요. 얘가 재우야."

"아~ 반갑습니다. 길산입니다."

길산과 재우가 멋쩍게 악수를 하는 사이 표를 알아보러 갔던 종희가 돌아왔다. 인사를 나눈 후 네 사람은 자연스럽게 동명항으로 향했다. 부둣가에서 기념 촬영을 하고 영금정에 올라서도 멀리 동해를 배경으로 스마일을 날렸다. 그러나 종희와 병태의 표정은 썩 밝아 보이지 않았다.

오랜 친구인 두 사람은 최근 한 여자를 놓고 갈등을 겪으면서 사이가 틀어졌다. 길산에게 바보 같은 삼각관계라는 놀림을 받았지만 본인들은 심각했다. 사실 바보 같기도 한 것이 정작 연정의 대상이 된 그 여자는 둘에게 관심이 없었다. 둘이 열을 올리면서 앙금이 쌓인 것이다. 이번 여행은 사실 화해의 성격을 띤 것이기도 했다.

조금 늦은 점심을 먹고 네 사람은 방파제를 넘어 갯바위로 내려갔다. 오랜 여정 끝에 만나는 바다는 언제나 반갑다. 그들은 너나 할 것 없이 갯바위를 어린아이처럼 뛰어다녔다. 동해의 푸른 파도가 와르르 발끝으로 덮쳐 온다. 파도에 발을 적신 병태는 양말을 벗어던지고는 바다를 바라보고 앉았다. 종희는 병태 곁에 등을 지고 앉았다. 가까이 앉아서도 속을 드러내지 못하고 있는 그들의 마음을 아는 듯 바람이 두 친구의 등을 두드리며 지나갔다.

어스름하게 해가 지자 쌀쌀한 바람이 불어오기 시작했다. 검게 일렁이는 밤바다 위로 총총한 별빛과 은은한 달빛이 비치자, 네 친구가 둘러앉은 바위는 하나의 섬처럼 시끌벅적한 주변과 조금씩 분리되기 시작했다. 달빛에 취해 거푸 마신 술에 취기가 오르자 종희와 병태에게서 서로에 대한 앙금들이 조금씩 밀려 나왔다.

"이 분위기 보니까 내가 생각나는 이야기가 하나 있는데…."

"또 무슨 뻥을 치려고~"

익숙한 듯 종희의 면박에도 아랑곳없이 길산은 들고 있던 술잔을 비운 후 진지한 표정으로 이야기를 시작했다.

"여기 동해에는 말이야, 이렇게 달빛이 아름다운 날이면 문어 총각이 여자를 꼬시려고 물밖으로 나온다는 전설이 있어."

"에~"

"입 닥치고 들어 봐! 꼭 이런 날이지. 이렇게 달빛이 은은한 날이면 무엇이든 달빛을 받아 이 세상의 것이 아닌 것처럼 아름다워 보이거든. 문어 총각도 자신의 모습이 너무 아름답고 멋있다고 생각한 거야. 그래서 예쁜 처녀들이 자신을 보기만 하면 홀딱 반할 거라고 생각한 거지. 달밤에 문어가 처녀를 꼬시러 온다는 이야기가 차츰 나돌기 시작하고, 소문을 들은 사람 중에 예쁜 여동생을 둔 총각이 있었어. 너무 가난해서 장가도 못 가고, 배가 없으니 문어를 잡으러 바다로 나갈 수도 없었지. 밑져야 본전이라고 생각한 총각은 이렇게 달빛이 아름다운 밤에 저기 영금정이 있는 언덕 위에 횃불을 밝히고는 여동생을 세워 둔 거야. 문어 잡을 준비를 하고 말이야! 그런데 소문이 정말이었던 거지. 생각 없는 문어들이 아름다운 처녀를 보고는 너나없이 달려들려고 미친 듯이 절벽을 오르기 시작했어. 문어들이 어떻게 됐냐고? 언덕에 다 오르기도 전에 모두 제사상에 올랐지. 총각은 문어잡이로 부자가 되고 말이야."

"에이~ 뻥을 쳐도!"

병태와 종희가 합창을 하듯 길산에게 야유를 보냈다. 하지만 둘의 눈빛은 한결 부드러워져 있었다. 바보 문어가 되지 말라는 길산의 외침에 모두 잔을 들고 바보 문어를 외쳤다. 달은 하늘에도 있고 바다에도 있고 갯바위에 놓인 술잔에도 있었다. 우리가 술에 취한 사이 오늘도 바다에 잠긴 달을 이고는 바보 문어가 처녀를 찾아 갯바위를 오르고 있을지 모를 일이다.

거울귀신과 보물탐험대

군데군데 낮은 구름이 솜뭉치처럼 하늘에 피어 있다. 햇살이 강한 듯했지만 날씨는 가을로 접어드는 듯 싱그럽다. 일요일 아침 텅 빈 운동장에 모인 7명의 아이들, 그들의 얼굴도 바람 탓인지 조금씩 상기되어 있었다.

"거기까지 가려면 멀다. 중간에 배가 고플 텐데 빵이라도 사가야 하지 않을까?"

"물도 있어야 돼!"

"물은 없어도 돼, 가다 보면 약수터도 있고 개울도 있으니까."

"창수야, 후레쉬는 가져왔니!"

"응, 한번 켜볼까?"

아이들은 각자 가져온 준비물들을 한 곳에 꺼내 놓았다. 어떤 아이는 성냥을 가져왔고, 어떤 아이는 아버지의 지포라이터를 훔쳐 왔다. 그 밖에도 횃불을 만들 막대기와 천, 휘발유, 건빵 세 봉지가 준비되었다. 아이들은 논의 끝에 갹출을 하여 가게에서 비상식량으로 쓸 과자와 빵을 좀 더 넉넉하게 샀다. 이제 모든 준비는 끝났다. 산에 올라 보물을 찾기만 하면 되는 것이다.

마을 뒷산은 해발 400미터 남짓의 산인데 오래전부터 보배산이라 불렸다. 언제부터인지 보배산에는 임진왜란 때 왜놈들이 조선에서 강탈한 어마어마한 보물이 숨겨져 있다는 이야기가 전설처럼 전해져 내려왔다. 실제 보배산에는 크고 작은 동굴들이 여럿 있었는데 대개는 입구가 허물어져 들어갈 수조차 없었다. 이번에 그중 입구가 멀쩡하고 제법 큰 동굴을 탐사하기로 했는데 아이들이 가기에는 위험해서 어른들에게는 비밀을 지키기로 했다.

"출발!" 소리와 함께 일곱 명의 보물탐험대는 씩씩하게 첫발을 내디뎠다. 마을회관을 지나 논두렁길을 걷다 저수지 뒤편으로 난 산길로 접어들었다. 산을 오르자 길은 금세 험해지고 숨이 가빠 왔다. 오랫동안 사람들이 다니지 않은 길에는 잡초들이 무성했다. 산중턱에 이르자 한 무리의 무덤이 나타났다. 일행은 잠시 쉬어 가기로 했다. 아이들이 숨을 돌리는 사이 진수는 풀섶 한구석으로 가 길게 오줌발을 날렸다.

"악! 땡벌이다!"

진수가 갑자기 고함을 지르며 아이들이 쉬고 있는 무덤 쪽으로 울부짖으며 뛰어왔다. 엉겁결에 모두 정신없이 도망을 쳤다. 붕붕

거리는 말벌들 소리가 한참을 뒤따라오는 듯했다.

"고추는 안 쏘였어? 하하하."

"막다가 손에. 잉~ 웃지 마! 어 어 엉."

훈이가 놀리는 통에 진수는 울음을 터트렸다.

"흥~ 나도 쏘였어! 아 아 아~ 아파."

손을 쏘인 진수 외에도 경식이 귀가 퉁퉁 부어오르기 시작했다. 아이들이 당나귀 귀라고 놀리자, 겨우 아픔을 참고 있던 경식이도 끝내 눈물을 보이고 말았다. 무덤 근처에서 말벌에 쏘인 진수와 경식이는 더 이상 산을 오르는 게 무리여서 먼저 마을로 내려가고 남은 다섯 명은 계속 오르기로 했다. 숨이 턱에 차고 목이 말라 올 때쯤 널찍한 너덜길이 나타났다. 너덜길을 더 오르자 앞이 확 트이며 바다와 점점이 박힌 섬들의 모습이 시야에 들어왔다.

아이들은 너덜길 가운데 위태롭게 서 있는 소나무 그늘 밑에서 준비해 온 빵을 나누어 먹었다. 이제 동굴까지는 20~30분 거리다. 바위틈을 비집고 수풀을 헤치며 오르기를 반복한 끝에 마침내 아이들은 넝쿨에 가려진 채 검게 입을 벌리고 있는 동굴 입구에 도착했다.

"와~~~~ 드디어 도착했다. 뭐 이리 힘드냐!"

"아이구, 아이구."

모두 하나같이 앓는 소리를 내며 연신 땀을 닦았다. 한참을 쉬고 난 후 아이들은 드디어 준비물들을 바닥에 늘어놓고 탐사 준비에 들어갔다. 먼저 횃불을 만들고 플래시를 점검했다. 동굴 입구를 가린 넝쿨들을 정리하고 막대기 끝에 두른 천에 칙~ 성냥을 긋자 불길이 동굴의 속살을 보여주기 시작했다.

동굴은 폭이 좁아 한 사람씩 길게 늘어서야 겨우 들어갈 수 있었다. 좁은 동굴 안에서는 퀴퀴하고 부패한 냄새가 났다. 앞은 불빛이 닿은 곳만 겨우 보였다. 바닥과 천장은 온통 축축하고 작은 벌레들이 꼬물거리고 있었다. 선두에 선 산이는 망설여지는 듯 발걸음이 더뎠지만, 뒤에서 아이들이 재촉하는 통에 앞으로 나아갈 수밖에 없었다.

동굴에는 보물을 지키는 커다란 뱀이 산다는 이야기도 있고, 보물을 숨길 때 굴을 파거나 보물을 들고 간 일꾼들을 모두 같이 묻어서 함부로 굴에 들어가면 귀신이 나타난다는 소문도 있었다. 그래서 그런지 어른들도 혼자서는 동굴에 가지 않았다.

동굴 속으로 조금 더 들어가자, 산의 눈에 뭔가 반짝이는 것이 힐끗힐끗 보이기 시작했다.

“야! 잠깐! 앞에 후레쉬 좀 비춰 봐! 뭔가 있다!”

“뭔데? 보물?”

“뭐? 뭐?”

산의 갑작스러운 요구에 아이들은 온통 기대와 궁금증으로 가슴이 쿵쾅거려 왔다.

산이 팔을 길게 뻗어 들고 있던 횃불을 앞으로 내밀고, 창수가 플래시를 비추는 순간 눈앞에 ‘확!’ 하고 한 무리의 사람들이 나타났다.

으악! 으악! 산이와 창수와 대구가 동굴이 무너질 듯 고함을 지르기 시작했다. 제일 뒷줄에 서 있던 두 아이는 영문도 모른 채 버둥거리며 뒷걸음질을 쳤다.

아이들은 모두 혼비백산하여 동굴 밖으로 겨우 도망쳐 나왔다. 산이는 손등이 까져 피가 나고, 제일 뒤에 서 있던 돌배는 얼결에 머리 뒤꼭지를 바위에 찍혔다. 아이들은 보물이고 뭐고 생각할 겨를도 없이 산을 내려가기 시작했다. 산기슭에 내려와서야 돌배나무를 발견하고 한 움큼씩 돌배를 따서 주머니에 넣었다.

어스름 해질녘에야 집으로 돌아간 아이들은 도대체 어디를 돌아다니다 왔느냐는 추궁에 돌배를 따러 갔었다고 둘러댔다.

동굴 탐험이 있었던 며칠 후부터 동네 꼬마들 사이에는 동굴에 분명 귀신이 산다는 이야기가 나돌았다. 학교를 마치고 집으로 돌아가는 산이의 눈앞에 창수 아버지와 창수 동생 창민이가 지나가는 게 보였다. 둘은 도란거리며 재미있게 이야기를 나누고 있었다.

"아빠! 저 산에 있는 동굴에 귀신이 있대요."

"하하하, 아마도 그건 거울귀신일 게다."

"거울귀신이 뭔데요?"

"아주 무서운 귀신이지… 하하. 제풀에 놀라는. 아빠 어렸을 때는 그 동굴에 아이들이 많이 갔어. 그러다가 사고가 났지. 그때 다친 사람이 수동 아저씨야."

"그런데 왜 거울귀신이 나와요?"

"아이들을 동굴에 못 가게 하려고 귀신이 나온다는 소문을 내고 동굴 벽에다 거울을 매달아 놨던 거야. 깜깜한 동굴 속에서 갑자기 눈앞에 훅 하고 사람이 나타나 봐! 얼마나 무서운데, 하하하. 일부러 그랬다는 걸 알아도 다시 안 가고 싶어진다니까."

"그럼 그게 아빠 어렸을 때 일부러? 와~ 하하하, 형아들이 완전 당했구나!"

추천 신인 작품

이 현 신

별 그림자

최후의 승자

이현신

건강심리 전문가이자, 한국미니픽션작가회 회원.
옮긴 책으로《모래알갱이가 있는 풍경》이 있다.

별 그림자

버스 문이 열려 있었다. 나는 버스를 향해 걸음을 재촉했다. 마음과 달리 걸음걸이가 신통치 않았다. 걸음을 내디딜 때마다 오른쪽 왼쪽으로 중심이 기울어졌다. 만취한 사람처럼 비틀거리며 걷는 것이 내 병의 특징이다.

버스에 앉아 있는 사람들이 모두 나를 보고 있었다.

"저 여자 때문에 언제나 늦는다니까."

투덜대는 목소리가 들려왔다. 간암 환자인 김씨는 급한 성질 때문에 암에 걸렸다고 탄식을 하곤 했다. 미안한 마음도 있지만 그 성격이 어디 가랴 싶었다.

그때 민자 씨가 차에서 내려 종종걸음으로 다가왔다. 활짝 웃는 얼굴로 나를 부축해서 차에 태운 다음, 비어 있는 좌석에 앉혔다.

버스가 출발했다.

그녀는 나의 별이다. 우리들의 별이다. 버스에 타고 있는 누구도 이 말을 부인하지 않을 것이다. 반쌍꺼풀이 진 눈은 별처럼 반짝였고, 탤런트 이영애를 닮은 목소리가 산소처럼 맑았다. 민자 씨는 우리들의 식사를 보살피고, 성경책을 읽어 주고, 안마를 해주었다.

그녀는 거동이 불편한 사람을 부축할 때도, 죽음을 목전에 둔 사람의 분노와 마주할 때도 언제나 웃는 얼굴이었다. 그녀가 오지 않는 토요일과 일요일은 시간이 더디 흘렀다.

버스에서 내릴 때 나는 또 민자 씨의 도움을 받아야 했다. 계단이나 문턱을 혼자 넘기 어려웠다.

목욕탕 앞에서 일행은 남탕과 여탕으로 갈라졌다. 옷을 벗고 목욕탕에 들어갈 때까지 민자 씨의 도움을 받았다. 비누칠을 마친 사람들이 하나 둘 온탕으로 들어가고 있었다. 나도 비누칠을 하려고 했다. 그러나 물에 젖은 비누가 너무 미끄러웠다. 아무리 애를 써도 떨리는 손으로 비누를 집을 수가 없었다. 보기에 딱했던지 위암 수술을 했다는 영혜 씨가 비누칠을 해주고, 샤워기로 물을 뿌려주었다. 영혜 씨의 배에는 수술 자국이 선명했다.

물속에 들어갈 엄두를 내지 못하는 나는 온탕 가장자리에 앉아서 환자들의 등을 밀어 주는 민자 씨를 물끄러미 바라보았다. 사람들의 웃음소리가 수증기 사이로 울려 퍼졌다. 무슨 말인지 잘 들리지 않지만 민자 씨가 사람들을 웃기고 있다는 것을 알았다. 그녀는 웃음이 좋은 치료제라는 말을 입버릇처럼 했다.

내가 우리라고 부르는 요양원 입소자들은 말기암 환자이거나, 자가면역질환 같은 불치병을 앓는 사람들이다. 내가 앓고 있는 소뇌위축증도 아직 치료법이 없다고 한다. 입소자들은 모두 기적을 바라고 천연치유 요양원인 이곳에 왔다. 목숨이 붙어 있는 한 살고 싶었고, 살기 위해서라면 무슨 일이든 해야 했다.

마지막 순서는 나였다. 다른 사람들은 민자 씨에게 등만 밀어 달라고 하면 되지만, 나는 전신을 모두 민자 씨에게 맡겨야 한다. 민자 씨가 목욕탕 바닥에 수건을 깔더니 내 손을 잡아서 일으켰다. 나는 그녀의 손에 이끌려 반듯이 수건 위에 누웠다. 중년에 접어들었지만 무방비로 타인에게 몸을 드러내는 일은 쉽지 않았다. 제 몸뚱이 하나 스스로 씻지 못한다는 자괴감이 밀려왔다. 무기력하게 죽음을 기다리는 처지라는 것이 실감났다. 민자 씨가 아니었다면 심한 수치심과 열패감을 느꼈을 것이다.

그녀는 손뼉을 치듯 두 손을 탁탁 마주친 다음 내 몸의 때를 밀기 시작했다. 아프면 말을 하라는 당부도 잊지 않았다.

나는 민자 씨에게 몸을 맡기고 눈을 감았다. 감기 걸리면 안 된다며 민자 씨가 내 가슴에 따뜻한 물을 끼얹었다. 물 온도만큼 따뜻한 기운이 나를 감쌌다. 때를 밀면서 민자 씨가 말했다.

"아까 비누칠을 해주던 영혜 씨 배에 있는 수술 자국 보셨죠? 수술하지 않고 이곳에 왔으면 좋았을 텐데. 몸에 칼을 대는 것은 하나님의 섭리를 어기는 짓이에요. 하나님이 공짜로 주신 치료제가 있잖아요. 햇빛과 공기와 물. 기도를 하세요. 그분이 독수리처럼 강건하게 해주실 겁니다."

오늘도 민자 씨는 오지 않았다. 그녀가 오지 않자 요양원 분위기가 가라앉았다. 사람들은 그녀의 웃음소리를 그리워했다. 모두 그녀를 걱정했다. 주방에서 봉사하는 사람들이나, 요양원 직원들에게 그녀가 왜 오지 않는지 물었지만 모른다는 대답뿐이었다.

어느새 2주일이 지나갔다. 나는 점심을 먹기 위해 비틀거리며 식당으로 갔다. 김씨가 나를 부축해서 자기 옆에 앉혔다. 자리에 앉은 나는 혹시 민자 씨가 오지 않았는지 사방을 둘러보았다. 통유리 창문 밖으로 솔숲이 보였다. 소나무 가지에 앉아 있던 까치가 푸드덕하고 날아올랐다.

그때 식사 시중을 드는 봉사자들이 수군거리는 소리가 들렸다.

"그 소문 들었어요?"

"소문이라니?"

"민자 씨가 수술을 했다잖아요."

"수술요?"

성질 급한 김씨가 큰 소리로 물었다.

"자궁을 들어냈대요."

자기도 며칠 전에 들었다며 한 봉사자가 말했다.

"정말이에요? 정말 민자 씨가 수술했어요? 수술 같은 건 하면 안 된다고 했는데?"

일어서려고 비틀거리는 바람에 음식 접시를 식탁에 놓으려던 봉사자와 부딪혔다. 요란한 소리와 함께 접시에 담겨 있던 밥과 반찬이 사방으로 흩어졌다.

"그러게, 수술하고 왔다고 나한테 잔소리를 얼마나 많이 했는데? 괜히 죄지은 거 같아서 민자 씨 볼 때마다 고개를 못 들었구만."

영혜 씨가 분통을 터트렸다.

민자 씨를 만나서 물어 보아야 한다는 생각밖에 들지 않았다. 식당 밖으로 나가려고 했지만 내 발이 짚은 것은 허공이었다. 세 개밖에 안 되는 계단이 천 길 만 길 낭떠러지 같았다. 눈앞이 캄캄해지며 별들이 지나갔다.

최후의 승자

여자는 두어 시간 전에 남자들을 만났다. 여행을 하다가 호기심에 끌려 들어온 곳이 카지노였다. 천장의 스테인드글라스가 아름다웠다. 카지노에 스테인드글라스라. 나쁘지 않다고 생각하며 여자는 빈자리를 찾아 두리번거렸다. 테이블마다 사람들로 꽉 차 있었다. 기계 돌아가는 소리와 웃음소리와 탄식과 환호가 동시에 울렸다. 한참을 돌아다닌 끝에 맨 안쪽 블랙잭 테이블에서 빈자리를 발견했다.

세 남자가 등을 보이며 앉아 있었다. 제일 왼쪽 남자는 헌팅캡을 쓰고 있었다. 가운데 남자는 체크무늬 남방을 입었고, 한 자리 건너 검은 양복을 입은 남자가 앉아 있었다. 콧날이 오똑한 딜러가 남자들이 배팅한 칩을 걷어 가는 것이 보였다. 여자는 체크무늬 남방과 검은 양복 사이에 앉았다. 딜러가 여자 앞에도 카드 두 장을 놓았다.

오픈된 딜러의 카드 한 장은 다이아몬드 에이스였다. 헌팅캡 앞에 놓인 카드는 4와 6. 헌팅캡이 검지로 테이블을 톡톡 두드렸다. 히트. 카드를 받겠다는 신호였다. 새로 받은 카드는 5. 체크 남방도 히트. 여자도 히트. 검은 양복의 카드는 하트 잭과 클로버 8. 검은 양복이 손등을 흔들었다. 스테이. 딜러가 카드를 네 번째 돌렸다. 헌팅캡이 받은 카드는 8. 합이 23으로 버스트였다. 딜러가 헌팅캡의 칩을 가져갔다. 남은 사람은 세 사람. 체크 남방은 스테이했고. 여자는 히트를 했는데 버스트가 되어 칩을 잃었다. 딜러가 엎어놓았던 카드를 뒤집었다. 스페이드 잭이었다. '블랙잭.' 딜러가 검은 양복의 칩은 가져가지 않고 체크 남방의 칩만 가져갔다.

"왜 저 사람 칩은 안 가져가는데요?"

여자가 물었다.

"저분은 인슈어런스를 걸었어요."

딜러가 대답했다.

"그게 뭔데요?"

"딜러가 블랙잭일 경우를 대비해서 보험을 드는 겁니다. 배팅액의 절반만큼. 보험금의 두 배를 받으니까, 본전이 되는 거지요."

검은 양복 대신 체크 남방이 알려주었다.

"21만 만들면 되는 줄 알았는데 복잡하네요."

여자는 계속 히트를 했고, 번번이 판이 끝나기도 전에 칩을 잃었다.

"계속 버스트가 나잖아요. 생각 좀 하고 하세요. 무조건 받지만 말고."

체크 남방이 안타깝다는 듯 말했다.

"받을까 말까 고민하다 받는 건데 자꾸 21이 넘어가네요."

"에이, 앞에서 잘해야 하는데, 테이블을 옮기든가 해야지."

검은 양복이 짜증을 냈다.

"솜씨 없는 목수가 연장 탓 한다더니, 자기가 잘하면 되지."

여자가 검은 양복을 쳐다보며 쏘아붙였다.

"룰도 잘 모르면서 큰소리는, 에이, 참."

검은 양복이 화를 냈다.

"댁은 뭐, 뱃속에서부터 배워서 나왔어요?"

여자의 언성이 높아졌다. 검은 양복의 눈꼬리가 위로 살짝 올라가며 인상이 험악해졌다. 딜러 뒤에 서 있던 남자가 손을 들자, 머리를 짧게 깎은 보안요원 두 사람이 다가왔다.

"여기서 이러시면 안 됩니다. 나가 주세요."

"에이, 오늘 게임하긴 글렀네."

체크 남방이 일어서며 말했다.

"기분을 잡쳤으니 끗발도 안 붙겠네."

헌팅캡도 일어섰다. 네 사람은 게임 룸 밖으로 나올 수밖에 없었다.

"저 때문에 게임도 못 했으니 제가 사과주 한잔 살게요."

여자가 미안하다는 얼굴로 말했다. 남자들은 머뭇거리며 서로 눈치를 보았다. 여자가 웃으며 한 번 더 말하자 헌팅캡이 어깨를 으쓱했다. 여자가 앞장서서 바를 향해 걸어갔다. 바에는 사람들이 별로 없었다. 웨이터가 네 사람 앞에 술잔을 내려놓았다. 여자가 이것도 인연인데 안면이나 트고 마시자고 했다. 남자들은 모두 내키지 않는 표정을 지었다. 여자는 칩을 수북이 쌓아 두고 게임을 하던 남자들에게 호기심이 생겼다.

"게임을 정말 잘하시던데 자주 오시나 봐요?"

여자가 웃으며 검은 양복에게 물었다.

"게임이야 잘 되는 날도 있고 아닌 날도 있는 거죠."

검은 양복이 시큰둥하게 대답했다.

여자가 술잔을 헌팅캡의 잔에 부딪히며, 배팅을 크게 하는 것으로 보아 돈을 제일 많이 버는 것 같다고 추켜세웠다.

"체, 누가 돈을 잘 버는지는 대봐야 알지."

체크 남방이 궁시렁거렸다.

"어떻게 대보죠? 나이라면 주민등록증을 까면 되겠지만. 소득세를 얼마나 내나로 하면 되려나?"

여자가 은근히 남자들의 경쟁심을 자극했다.

"순진하시네. 게임 룰만 모르는 줄 알았더니. 세금 다 내는 사람이 어디 있다고."

헌팅캡이 혀를 끌끌 차며 말했다.

"그러면 내기를 하면 되겠네요. 무슨 일을 하는지 알아맞히기.

남은 칩을 걸고. 어때요?"

내기를 하자는 여자의 말에 남자들의 눈이 반짝 하고 빛났다.

검은 양복이 이쪽저쪽 주머니에서 칩을 꺼내 탁자 위에 올려놓으며 자기가 먼저 힌트를 주겠다고 했다.

"아버지는 내가 유치원에 다닐 무렵부터 하얀 것을 검다고 말하는 법과 검은 것을 희다고 말하는 법을 가르쳤어요. 하얀 것이 검을 수도 있다는 것을 논리정연하게 설명하는 법 말입니다. 사물의 모습이나 현상을 거꾸로 설명하지 못하면 벌을 받아야 했습니다. 어린 시절에는 그 일이 힘들기도 했고 싫기도 했어요. 가업을 물려받았고, 지금은 아버지보다 더 유명하죠. 나를 만나려는 사람들이 얼마나 많은지 몰라요. 이 모든 것은 사람들로 하여금 검은 것을 희다고 믿게 하고, 흰 것을 검다고 믿게 해준 덕분이랍니다."

"정답. 최고의 수임료를 받는다는 말이죠? 변호사죠?"

여자가 외쳤고, 검은 양복이 풀이 죽은 얼굴로 칩을 테이블 가운데로 밀어놓았다.

"저도 힌트를 드리죠."

헌팅캡이 말했다.

"그런데 알고 보면 검은 것이 곧 흰 것이고, 흰 것이 곧 검은 것이죠. 사람들은 이런 오묘한 말을 좋아해요. 가득 찬 것이 곧 비어 있는 것이고, 비어 있는 것이 곧 가득 찬 것이다. 멋지지 않아요? 사람들의 마음을 사로잡으려면 이처럼 물상의 경계를 뛰어넘어야 하지요. 네 것은 내 것이고 내 것도 내 것이다, 이런 논리로 풀지요.

빈 것이 곧 찬 것이니 가진 것을 모두 내놓고 비워라. 찬 것이 곧 빈 것이니 채우는 것이 무슨 의미가 있느냐? 이렇게요. 덕분에 항상 문전성시를 이루고 있습니다."

"모자를 쓰고 계셔서 혹시나 했는데. 역시 염화시중의 미소구나."

검은 양복이 모자를 들고 머리를 쓰다듬는 흉내를 내며 말했다. 이제 체크 남방 차례였다.

나지막하게 웃으며 체크 남방이 입을 열었다.

"하지만 검은 것이든, 흰 것이든, 빈 것이든, 찬 것이든, 모두 어디서 나왔습니까? 애초에 없었다면 없는 것에 대해 어떻게 논할 수가 있습니까? 우주 만물이란 것 자체가 없었어요. 그분이 만들기 전까지는. 이런 말 아십니까? 오른손이 하는 일을 왼손이 모르게 하라. 남편이 하는 일을 아내가 모르게, 아내가 하는 일을 남편이 모르게. 부모는 자식이 하는 일을 모르고, 자식은 부모가 하는 일을 모릅니다. 천상에 재물을 쌓기 위해 서로서로 모르게 하며 나에게 가지고 온답니다. 문전성시가 아니라 인산인해를 이루며 사람들이 몰려오고 있어요."

"창조주? 어쩐지 같은 업종일 것 같더라니. 이제 여사님 차례예요."

헌팅캡이 말했다. 여자가 턱을 약간 위로 쳐들고 말하기 시작했다.

"나는 스스로 전지전능해요. 그 누구의 말도 듣지 않고, 그 누구의 말을 인용할 필요도 없어요. 내가 만들면 되니까. 검은 것이 곧 흰 것이고 흰 것이 곧 검은 것이라는 말을 궤변에 불과하다고 깔 수도 있어요. 모든 것을 만들었다는 그 존재를 티끌보다 하찮게 만들 수도 있지요. 마음만 먹으면 지금 당장 문전성시든 인산인해든 그 모든 사람들을 깡그리 집으로 돌려보낼 수도 있어요."

남자들은 무슨 말인지 모르겠다는 표정을 지었다. 체크 남방이 큰 소리로 물었다.

"그게 말이 됩니까?"

"왜 말이 안 돼요? 내 마음인데. 부자를 거지로 만들든, 노예를 왕으로 만들든. 존경받던 자가 멸시받고, 비천한 자가 존경을 받게 할 수도 있어요. 사람들은 이런 것에 열광하거든요."

"무엇으로 그런 일을 한다는 겁니까?"

심각한 얼굴로 검은 양복이 물었다.

"거짓말로요."

"사기꾼이잖아. 그런데 사기 치는 것을 직업이라고 할 수 있나?"

검은 양복이 비아냥거렸다.

"사기꾼이라니요? 잘하면 존경도 받을 수 있는 괜찮은 직업인데요."

"헛소리 하지 마세요. 거짓말을 하면서 존경을 받다니."

"나는 당신들처럼 교묘하게 사람들을 현혹하지 않아요. 거짓말이라고 당당하게 밝히죠. 사람들은 내 말이 몽땅 거짓말이라는 것을 알면서도 '다음엔 어떤 멋진 거짓말을 할까?' 하고 가슴 설레며 기다리죠."

체크 남방이 포기했다는 듯 칩을 테이블 가운데로 밀며 말했다.

"이제 무슨 일을 하는지 밝히세요."

"나요? 소설가예요."

여자가 조신하게 말하며 테이블 위에 수북이 쌓인 칩들을 쓸어서 가방에 담았다.

추천 신인 작품

정 혜 영

공 범

이중주

정혜영

인테리어 및 건축 잡지 기자를 거쳐 편집장과 발행인을 지냈다.
현재 중학교 국어교사로 재직 중

공 법

월요일 새벽부터 내리기 시작한 비는 출근 전쟁이 한창인 아침 7시가 넘어서도 그칠 줄 모르고 추적추적 이어진다. 애원하듯 오른쪽 깜빡이를 켜고 한참을 기다려도 자석에 달라붙은 듯 줄줄이 꼬리를 문 강변도로의 차들은 한 치의 틈도 허락하지 않는다. 비집고 들어가 거대한 대열에 합류하려는 차들과 한사코 버티는 차들 사이에 치열한 신경전이 벌어지고 있다. 여기저기서 감정 섞인 경적이 들리고 이 무리한 끼어들기와 이기적 방어 운전으로 결국 추돌 사고가 발생한다.

사고 지점 뒤로 늘어선 차들에서 폭발하듯 이어지는 경적을 들으며 나는 재빨리 대열에서 빠져나와 추돌차로 인해 확보된 공간으로 차머리를 밀어 넣고 당당히 도도한 흐름에 합류한다. 조금만 더 가면 정체 구간도 끝이니 이제 지각은 안 할 것이다. 안도하며 백미러를 보니 줄줄이 따라오는 차 너머로 추돌한 차와 뒤엉킨 한 무리의 차들이 보인다.

'사망 0명, 부상 127명'

어제의 시내 교통 상황을 알리는 전광판이 도로 왼쪽에서 시선을 끈다. 언제부턴가 상황판에 적힌 숫자에 마음이 쓰인다. 다행히 사망자가 없었다는 것에 가슴을 쓸어내리며 복잡한 합류 도로를 운 좋게 빠져나온 행복감으로 점점 가속도를 붙여 기분 좋게 달린다.

좋은 생각을 하면 좋은 일만 생기는 모양이다. 내 기획안이 채택되어 사장실과 회장실로 불려 다니며 격려를 받으니 동료들이 보내는 시샘의 눈총도 기분 좋게 느껴진다. 한턱 내라는 주변의 보챔에 내일을 기약하며, 가족과의 저녁 약속에 서둘러 운전대를 잡는다. 회사일로 바쁘다는 걸 알면서도 육아와 가사노동에 지친 아내는 종종 불만을 표하며 나의 무심함을 질책하지만 당분간 그런 걱정은 안 해도 될 것이다. 소식을 들으면 아내도 뛸 듯이 기뻐하며 그동안 고생했다고 위로해 줄 것이다. 한동안은 아이들과도 얼마쯤 시간을 내서 놀아줄 수 있으리라. 제 엄마를 따라 요즘 뾰로통한 초등학생 딸과 천방지축인 유치원생 아들 녀석도 아빠를 자랑스러워하겠지? 이런 게 행복이다. 내가 이토록 열심히 사는 이유니까!

지난 일과 앞으로의 일을 생각하며 들어선 강변도로는 뻥 뚫려 있다. 나의 미래처럼.

약속 시간보다 너무 일찍 도착하는 게 아닐까 하는 걱정으로 달리는데 거치대의 전화가 울린다. 아들 녀석이다. 약간씩 속도를 줄이며 이어폰에 연결된 통화 버튼을 누르려다 흘낏 백미러를 보니 무지막지한 속력으로 덤프트럭이 달려들고 있다. 어떻게 손을 써 볼 수도 없이 아들 녀석이 부르는 소리가 순식간에 나와 함께 처참하게 구겨진다.

이제 전광판은 무표정하게 카운트를 준비할 것이다.

이중주

"오랜만이다. 이게 얼마 만이야. 예전이랑 똑같다. 너 학교 다닐 때도 눈 감고 심각하게 폼 잡고 그랬잖아! 그냥 지나치다가 아무래도 너 같더라고! 너 예전 별명이 '애늙은이'였지? 여전해 보이는데 어떻게 지내? 여전히 심각해? 요즘도 주변 사람들 문제 상담하고 해결해 주고 그러니? 가끔 너는 어디서든 잘 살고 있을 거라 생각했어. 흐흐."

라벨의 바이올린과 첼로를 위한 이중주에 심취해 잠시 눈을 감은 채 마음을 맡기고 있던 찰나, '너 맞구나!' 하는 공간과 어울리지 않게 들뜬 목소리와 함께 내 앞에 나타난 그녀. 어제 만났던 사이처럼 자연스럽게 맞은편 자리에 앉으며 퍼붓는다. 일제히 쏠린 주변 사람들의 시선이 부담스러운 나와 달리 10여 년 만에 조우한 그녀는 내 반응과 상관없이 말을 잇는다.

"나 이혼했어. 그런 표정 할 거 없어. 난 아주 좋아. 그 사람 날 너무 구속했거든. 그게 사랑이려니 하고 참았었는데, 어느 날 '이건 아니다!' 정신이 번쩍 든 거야. 물론 망설이기도 했어. 애들 생각도 했지. 남매가 있거든. 불행한 엄마보다는 행복한 엄마를 원할 거라는 생각을 했어. 애들은 절대 못 주겠다고 버티더라고. 그러면 내가 그냥 눌러앉을 줄 알았나 봐. 보란 듯이 애들 다 놓고 혼자 나왔어. 허전하지 않았냐고? 아니, 아주 홀가분했어. 비로소 내 인생을 찾은 것 같았어. 물론 가끔 애들이 보고 싶기는 했어. 하지만 내 삶과 바꿀 정도는 아니었어. 걱정 마! 나야 물론 지금도 주변에 남자가 끊이지 않아. 너도 잘 알잖아!"

묻지 않는 이야기를 술술 풀어내는 그녀의 숨결에서 낮술 냄새가 훅 새어나왔다.

"인생 별거 없다. 즐겁게 살자! 난 일행이 기다려서 가볼게."

약간 비틀거리던 그녀는 멀쩡한 척 입구를 빠져나갔다. 창 너머로 기다리던 남자가 서둘러 그녀를 부축해 차에 태우는 모습을 보던 나는 다시 눈을 감고 흐르는 음악에 마음을 맡겼다.

베토벤의 '운명 교향곡'이 교정을 비장하게 물들이던 그날도 점심을 먹은 우리들은 삼삼오오 짝지어 등나무 그늘을 찾아 까르르 거리며 담소를 즐겼다. 바람은 살랑살랑 단발머리를 흔들고 그 흔들림에 취한 나는 '영원히 이 시간이 계속되어도 좋겠다'는 행복감에 젖어 있었다.

"너 담배 피워 봤어?"

주변 아이들을 의식한 듯 내 옆으로 바짝 다가앉으며 은밀하게 묻더니 놀란 눈으로 바라보는 나를 향해 그럴 줄 알았다는 표정으로 피식 웃음을 날렸다.

"너는 어른스러워 보여서 말이 좀 통할까 싶었어. 그냥 사는 게 뭘까 싶어서 우울해. 술을 마시고 담배를 피워 봐도 잘 모르겠어. 뭘 그렇게 놀란 눈으로 봐? 담배는 아버지 몰래 몇 개비 빼내도 잘 모르시거든. 술은 엄마가 담가놓으신 과일주들을 표 안 나게 조금씩 따라 마시는 거야. 담배든 술이든 괜한 걱정은 잊고 나를 몽롱한 세계로 데려가서 좋아! 넌 행여 따라할 생각 마라."

그날 이후 그녀는 나를 보면 뭔가 은밀함을 공유한 사이처럼 의미심장한 미소를 보이는 듯했지만 특별히 행동하거나 별다른 대화를 나누지는 않았다. 각자 대학에 진학하면서 그녀는 내 기억에서 자연스레 멀어졌다.

대학을 졸업하고 근 2년여의 백수 생활을 거친 나는 가까스로 작은 무역업체 수습사원으로 일하게 되었다. 가정용 소품을 수입해서 유통하는 기획팀에 소속되어 행여 잘릴세라 악바리처럼 주어진 일에 열중하고 있었다. 시장 동향을 파악하고 분석해서 보고하는 것이 내 업무였다. 그날도 강남에 위치한 명품관, 베토벤의 바이올린 소나타 '봄'이 흐르고 있는 공간에서 천천히 신제품을 둘러보며 어떻게 보고서를 작성해야 할까를 고민하던 중이었다.

"뭘 그렇게 심각하게 보니? 맘에 들면 사!"

바이올린과 피아노가 앞서거니 뒤서거니 조화롭게 연주를 이어 가다가 바이올린 반주에 피아노의 멜로디가 연주되는 찰나, 어깨를 툭 치며 옆으로 바짝 다가선 그녀는 머리부터 발끝까지 꾸민 듯 안 꾸민 듯 수수하면서도 세련된 차림. 어깨에 닿을락 말락 적당히 물결치는 머릿결은 부드럽고 기품 있는 분위기를 풍겼다.

"난 졸업 전에 대기업 회장실 비서로 출근했어. 별로 하는 일 없이 보수는 꽤 괜찮은 편이야. 그래서 시간과 돈만 많아. 하하. 그리고 나 곧 결혼해! 그냥 평범한 사람이야. 너도 알다시피 내가 그동안 남자들을 많이 만나 왔잖아. 그중 이 남자가 제일 쓸 만하더라! 뭘 그렇게 토끼눈으로 보니? 돈도 지위도 다 필요 없어. 속궁합이 안 맞으면 다 소용 없다니까? 너 숙맥 같은데 내 말 명심해! 결혼 전에 다 경험해 봐야 해! 너 같은 애는 남자를 몰라서 여자의 진정한 행복이 뭔지도 모르고 늙어 버릴 수 있다니까. 내 결혼식에 참석 안 해도 돼! 워낙 하객이 많아서 너한테 신경을 써줄 수 없으니 오라고 말하기도 미안하다. 그래도 네게 알릴 수 있어서 다행이야. 이제 하루, 한 달, 일 년이 다 값 떨어지는 나이야. 너도 제값 쳐줄 때 빨리 결혼해!"

내가 어떤 생각을 할 겨를도 없이 할말을 쏟아낸 후 그녀는 쇼핑백을 한아름 든 채 소나타의 경쾌한 선율을 따라 사라졌다. 그리고 다시 오랫동안 그녀는 내 기억에서 멀어져 있었다.

사는 게 바빠 소식 없던 여고 동창들이 어느 정도 아이들을 키워 놓더니 하나 둘 연락을 하기 시작했다. 그동안 어떻게 참고 살았는지 하루라도 빨리 만나자며 시간 맞는 친구들끼리 카페에서 모이기로 했다. 약속 시간보다 좀 일찍 가서 자리를 잡고 기다리자 친구들이 하나둘 모여들었다.

오랜만에 만나 서로 안부를 주고받느라 우리 좌석은 소란스러워졌다. 분위기가 무르익어 어느 정도 차분해질 즈음, 한 친구 입에서 조심스레 그녀의 이름이 나왔다.

"동거는 몇 번 했던 거 같은데 결혼은 한 적이 없지. 애가 좀 특이했잖아."

"그럼 애는 없어?"

"없어. 오래전에 누구 하면 알 만한 사람 세컨드로 들어앉았다던데! 지금껏 이름도 없이 숨어 살고 있대. 돈 펑펑 쓰는 재미로 살았을 텐데, 그 자리도 이제 서늘한가 보더라. 가진 거 많은 영감이 언제까지 걔만 보겠다고 하겠냐? 젊은 애들이 차고 넘치는데! 자식도 없이 개밥에 도토리 신세지 뭐."

왠지 얼마 전에 그녀를 봤다는 말을 할 수 없었다. 뜻하지 않게 이어졌던 그녀와의 만남이 가슴에 깊은 통증을 만든 듯 잠시 숨을 쉬기가 힘들었다. 불만을 쏟아내는 듯 걱정하는 듯 자신들 얘기와 오래 소식이 끊긴 동창들 이야기를 하고 있지만 다들 본인이 얼마나 잘 살고 있는지 행복한지를 확인하고 있었다.

바흐의 바이올린 소나타 3번 '라르고'가 흐르는 카페를 나서며 나는 그녀들 모두를 꽉 껴안아 주고 싶은 충동을 느꼈다. '나는 행복한가?' 스스로에게 질문하며 그동안 단 한 번도 그녀에게 살가운 눈길을 건네지 않았다는 생각에 뜬금없이 눈물이 흘렀다. 사는 게 별거 아닌 거 같아서….

거짓말 2인자들

올해로 아홉 번째 공동작품집을 내는 24명의 작가들은 주제를 선정하기까지 약간의 갈등을 겪었다. 편집회의에서 나온 다양한 고민들을 가감 없이 옮겨 보았다.

작가 1 : 밥을 주식으로 먹는 우리가 밥으로 반찬까지 다 만들어 한 상 거하게 차리자는 얘기잖아요. 가능하겠어요?

작가 2 : 그러게요. 거리감이 너무 없어요. 신선하지도 않고요.

작가 3 : 거짓이 난무하는 세상에 굳이 새로울 것도 없는 '거짓'으로 소설을 쓴다는 거, 확실히 식상할 수 있어요.

작가 4 : 하지만 거짓이 난무하는 세태이기에, 새로울 것이 없다고 생각하는 바로 그 지점이기에, 작가들의 상상력이 어느 때보다 더 절실히 필요하지 않을까요?

작가 5 : 맞아요. 거짓이 뿜어내는 여러 모습을 그려내다 보면 어쩌면 우리가 몰랐던 진실, 혹은 알았다 할지라도 선뜻

다가갈 수 없었던 진실을 좀 더 선명하게 드러낼 수 있을지도 몰라요.

작가 6 : 현실이 더 허구 같은데, 도대체 그보다 더 기발한 허구를 어떻게 만들어낼 수 있다는 말입니까?

작가 7 : 어쩌면 우리는 우리 자리를 잃어버린 것인지도 몰라요. 요즘은 뉴스가 소설보다 더 풍부한 상상력을 자극하고 더 극적이며 더 많은 독자를 확보하고 있어요.

작가 8 : 사실 여기 앉아 거짓에 대해 얘기할 게 아니라, 거리로 뛰어나가야 하는 거 아닌지 몰라요. 누군가는 백팔배를 하고 누군가는 단식을 하며 진실을 구하는데, 우리들은 도대체 무얼 하고 있는 거죠?

작가 9 : 하지만 광장에서 노래하는 사람이 있으려면 그 뒤에서 가사를 쓰는 사람도 있어야 하니까요. 우리에게는 머리와 가슴과, 무엇보다 손가락이 있지요.

침묵이 좌중에 내려앉았다. 육중하면서도 섬세한 고요가 운동을 게을리한 작가들의 군살 여기저기를 지그시 눌렀다. 통증에 민감한 사람들 중 몇몇이 실내 흡연 금지를 원망하며 일어나 밖으로 나갔다. 빈자리만큼 압박감을 더 느끼게 된 비흡연자들이 하릴없이 차를 마셨다. 그 사이, 느릿느릿 기지개를 켰던 '거짓말'이 배밀이를 하는 아기처럼 꼬물꼬물 움직이기 시작했다.

작가들이 모두 다시 자리에 앉았다. 묘하게 섞인 담배 냄새와 차향을 맡은 '거짓말'이 눈앞에서 거짓말처럼 빠르게 성장했다. 작가들은 아무도 이미 뒤집기와 앉기를 성공적으로 마친 후 잡고 일어서기에 도전하는 그것을 말리려 하지 않았다. 작가들은 한결같이 동물과 아기처럼 '작고 연약한 것'들에 맥을 못 추는 사람들이었다. 그들은 쭈쭈거리며, 걸음마를 연습하려는 거짓말의 앙증맞은 손을 잡아 주었다.

작가 10 : 우리는 반대말을 아주 많이 알고 있습니다. 고결함과 미천함, 상하, 혹은 좌우, 빛과 어두움, 선과 악, 앎과 무지…. 그런 연장선에서 참과 거짓을 얘기할 수 있을지도 모르겠네요.

작가 11 : 극단에 놓인 것들일수록 더 잘 섞이게 마련입니다, 소유한 것이 아니라 소유하지 않은 것을 더 원하는 인간의 욕망 구조를 따라서 말이죠. 거짓을 얘기하는 건 곧바로 참을 얘기하는 겁니다.

작가 12 : 거짓은 거짓 아닌 것을 비춰 보는 거울이 됨과 동시에, 그것을 더욱 세밀하게 들여다볼 수 있는 현미경이 됩니다. 재미있을 것 같아요.

작가 13 : 거짓은 때로 우리를 지치게 하는 거짓 아닌 것들로부터 우리를 보호해 주기도 해요. 위로가 되기도 하고 나아가 즐거움을 주기도 하죠. 저는 그런 거짓을 써보겠어요.

작가 14 : 저는 정공법을 택할래요. 거짓 자체의 위악, 어처구니없는 거짓의 배반을 그대로 드러내 보이겠어요.

작가 15 : 거짓말에 관한 추억이 많아요. 사실 추억과 얽힌 거짓은 더 그럴싸한 거짓이 되기도 하죠.

작가 16 : 우습고 재미나고 귀여운 거짓말도 있어요. 그동안 왜 잊고 있었을까?

작가 17 : 그 자체로 생겨나지 않고 결코 홀로 성장할 수도 없는 거짓, 나아가 참 혹은 진리, 진실과 공존할 수밖에 없는 거짓이 떠오르네요. 아픕니다.

작가 18 : 거짓이 숭고한 어떤 것을 지키는 거의 유일한 수단이 될 때도 있죠. 때로 그러한 거짓이 시비를 넘어서서 다른 가치를 지니기도 한다는 것을 보여주고 싶어요.

작가 19 : 어쨌거나 참이 아닌 것들이 참인 것들을 모독하는 현상을 더 이상 묵과할 수는 없어요. 무엇이든 해야 합니다.

작가들은 할 수 있는, 아마도 가장 잘할 수 있는 유일한 일을 하기로 했다. 하지만 사소한 듯 보이지만 실은 충천한 사기를 단번에 꺾을 수 있는 문제 하나가 드러났다. 그들이 그간 닦아 온 그 어떤 기량을 발휘한다 해도 결코 '거짓말'에 관한 최고의 작품을 써낼 수 없으리라는 점이었다. 그 분야에서는 독보적인 1인자가 이미 따로 존재했다. 작가들이 그 사람을 잠시 잊었다는 것은 이상한 일이었다.

작가 20 : 미리 힘이 빠지는군요.

작가 21 : 그러게요. 우리가 어떤 작품을 만들어도 그이를 능가할 수는 없을 겁니다.

작가 22 : 그는 거짓말에 관한 이야기를 만드는 자가 아니라 그 이야기 자체가 되어 버렸으니까요.

하지만 이때, 작고 포동포동한 손이 다소 의기소침해진 작가들의 어깨를 톡톡, 툭툭 두드렸다. 그새 성큼 자라, 회의실과 회의실이 세 들어 있는 건물 전체를 오르락내리락하며 뛰어다니다 온 '거짓말'의 손이었다. 녀석이 땀에 전 기저귀를 제 손으로 벗어내며 말했다. 2인자면 어때? 빨리 나랑 놀이터 나가요. 귀여운 녀석의 미소에 저항할 수 있는 자가 없었다. 몇몇 작가들은 이미 삐끗거리는 허리를 부여잡은 채, 관절염이 도진 무릎을 쓸면서 녀석에게 끌려 나가고 있었다.

아일랜드 극작가 션 오케이시Seán O'casey가 말했다고 한다. "나는 여기 이 삶보다 더 삶다운 삶을 향해 가련다I am going where life is more like life than it is here." 미니픽션작가회 작가들이 말했다. "나는 여기 이 거짓보다 더 거짓다운 거짓을 향해 가련다."

회의는 그렇게 끝이 났다. 한마디를 더 붙이자면, 작가들은 '거짓말'로 떡 해놓고 '거짓말'로 소반도 지어 언니, 누나 모셔다가 맛있게도 냠냠 먹기를 평생 해온 사람들이다. 비록 1인자는 될 수 없을지라도, 그들은 즐기며 그 일을 했다.

미니픽션

거짓말 삽니다

초판 1쇄 찍은날 2016년 12월 10일
초판 1쇄 펴낸날 2016년 12월 14일

지은이 한국미니픽션작가회

펴낸이 최윤정
펴낸곳 도서출판 나무와숲 | 등록 2001-000095
주소 서울특별시 송파구 올림픽로 336 1704호(방이동, 대우유토피아빌딩)
전화 02)3474-1114 | 팩스 02)3474-1113 | e-mail : namuwasup@namuwasup.com

ISBN 978-89-93632-58-3 03810

* 값은 뒤표지에 있습니다.

* 잘못 만들어진 책은 구입하신 서점에서 바꿔 드립니다.